车前子 著

茶墨相

北京大学出版社
PEKING UNIVERSITY PRESS

一书一世界

SoBooK
沙 发 图 书 馆

枇杷
纸本
28cm × 52cm
2011

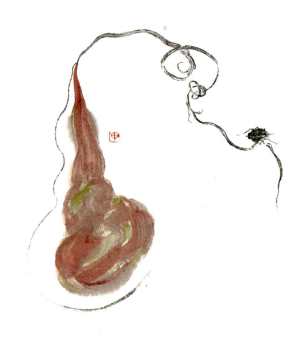

山在那一边
纸本
35cm×35cm
2012

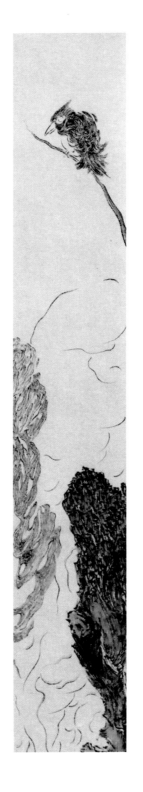

悬 念
纸本
33cm × 5.5cm
2013

绣 球
纸本
34cm ×34cm
2013

秋江水寒鸭先知否
纸本
2011

起舞弄清影
纸本
35cm×35cm
2014

自 序

散文不好写！有一年机缘巧合，我喝了不少好茶，就想也该写些好散文。

还看了不少名画，读了不少法帖，还一本正经去园林紫藤架下、海棠花荫、白皮松旁和太湖石边做梦，又听了古琴，就为写出一篇好散文？

那也不是。

前几年，我有点痴迷散文——眼睛睁开，枕上床底都是散文。所以没有好茶喝，没有名画看，没有法帖读，不去园林，无琴可听，走过白皮松也不相认，我也会写散文的，至于好与不好并不真放心上。这是我的命。

散文看上去像茶余饭后，但我不是吃饱了撑的才写散文。吃饱了撑的那是福气，我没这福气，我是饿昏头才写散文的。这点看来，我的散文可能还算不错，你们碰巧看到的话，大概看不到饿相、昏相、困相以及诸恶相，以及当下相，只有茶墨相。

此处只有茶墨相。

是为序。

车前子

二〇一六年三月二十九日 夜 于起云楼

目 录

昨晚的梦 ...1

紫砂之旅 ...3

回忆茶 ...7

茶意五帖 ...9

好事成双 ...14

香艳小说 ...17

青梅竹马 ...20

旧时月色 ...23

蒸青闲笔 ...26

橄榄札 ...28

茶 梅 ...31

茶渍记 ...34

茶渍又记 ...37

"早晨五点钟睡下" ...40

"今天上午心里有事" ...42

"晚上回家" ...44

碧螺春片段 ...47

孵茶馆 ...59

在虎丘喝茶 ...60

在紫金庵喝茶 ...62

在假山石后边吃茶 ...66

阿婆茶 ...70

水　墨 ...74

回忆书 ...79

临书但有惆怅 ...81

夕阳在山 ...86

杨风子四帖 ...89

桃之夭夭 ...94

俨然坐下 ...97

城南唱和 ...100

聚之为圣散之成仙 ...103

书法的终结 ...109

鬼神仙人 ...116

《清明上河图》是部小说 ...120

神龙见首不见尾 ...123

风流的本钱 ...126

刺鼻的味道 ...128

犹如在夏夜没有灯火的弄堂里听鬼故事 ...133

郑板桥三俗 ...138

千峰担当寒色 ...142

风凉笃笃 ...145

吐出一根线 ...148

花下醉 ...150

听《忆故人》 ...158

听《阳春》《白雪》 ...161

琴 挑 ...164

江流石不转 ...167

梧叶舞秋风 ...170

秋夜思 ...173

陈与义的临江仙 ...176

说"玉" ...179

一根线 ...181

刻 ...186

瞻 眺 ...189

不出汗 ...192

老年艺术 ...194

药与书 ...196

私人影集 ...198

藏书票与藏书章 ...201

金圣叹剩 ...203

颜 色 ...206

而流连光景不觉有年矣 ...211

长安记 ...218

戏之言 ...225

在园林梦游 ...233

在古琴梦游（上）...247

在古琴梦游（下）...267

后 园 ...278

探花人情 ...282

最好的散文是月份牌 ...286

墨 ...289

禁 书 ...291

范成大《梅谱》 ...295

昨晚的梦

某地有浮云鳞然,我坐在半空斟茶,却没有茶水——从壶嘴走出的是香气。

我继续斟茶,茶壶似乎要倒立茶盅之上,从壶嘴走出的,继续是香气。

揭开茶壶盖,香气反而消失,闻它不到,只见壶中一朵大紫花积瓣成塔;塔尖,趴着一只大白蝶,翅膀上红颜斑驳且洒脱(打着褶皱的大紫花像是托举大白蝶的盘子;拍动身体的大白蝶,原来是从大紫花中开出来的大白花)。而空气在大紫花和大白蝶周围加高加厚,枝叶浮翠。

我忙将茶壶盖紧,压上一块伏魔石。

某地有浮云鳞然,终于斗不过好奇心,我再次开盖验看,好像刚才仅仅是个幻影,蝶飞花谢,渺无人烟,徒有浮翠的枝叶在茶壶里泡着绿茶(之虚名)。

还是,我把它还是看为美梦;应该,我把它应该看为春梦,这是昨晚的梦,今天下午,完璧归赵,独自在书房里兀然我有艳遇或涂鸦感觉。

紫砂之旅

路上青布灰布，青布的中山装、列宁装，灰布的中山装，灰布的裤子，黑布的裤子。老旧气的宜兴，不但现在回忆起来如此，就是当时也是如此。泥泞，积水，瓮砌成的矮墙和茅草屋顶的立面墙。住在山上的人用白石造房。住在海滨的人用盐、贝壳和涛声造房。住在桑园的人用情丝造房，哦，那是情种或者春蚕。住在自己心境里的人用傲慢造房。而宜兴人用瓮造房。宜兴人用瓮造房，据说有个好处，瓮里贮满清水，一旦遭遇火灾，只要把瓮打破，墙里马上喷出一队救火会[1]。

出苏州，一路上天是阴着，才到宜兴地面，雨就下来了，不是红烛昏罗帐少年听雨歌楼上的雨，而有了江阔云低断雁叫西风的意味。这意味是南宋末年宜兴人蒋捷的。我向来不悦宋词，但《竹山词》却借来看过，"流光容易把人抛，红了樱桃，绿了芭蕉"，这句子

---

1. 救火会，"消防队"旧称。

曾常书写，另一首词（《虞美人》）以前还能背诵：

少年听雨歌楼上，红烛昏罗帐。壮年听雨客舟中，江阔云低，断雁叫西风。而今听雨僧庐下，鬓已星星也。悲欢离合总无情，一任阶前点滴到天明。

青布灰布，有人在大柳树下躲雨，看来这雨也是突然而至。也不一定。有人打着油纸伞歪斜赶路，黑布裤脚管上各夹一只竹夹子，草鞋把烂泥踩得噼啪直响，一阵兴奋。路上的山、山影，影影绰绰，是影影绰绰浮着紫气且吹落霜花满袖了。这霜花剔透飘云荡雾。阴阴沉沉，两面竹林，往里走才阴阴沉沉，这是我以后的经验。当时车在路上奔着，两面竹林新绿得弄假成真：给人世过客搭置出没的布景。

去宜兴玩，这是我平生第一次出门旅游，和父母，和妹妹们。还有其他一些人。那时我正读小学，我记得小妹妹还被母亲抱在怀里。我们去张公洞、善卷洞，最后去丁山陶瓷厂。是丁山陶瓷厂吗？我看上一只紫砂茶壶，造型简单，朴素中显出华贵，我父亲给我买了。后来我才知道这种紫砂茶壶叫光货。当时有几个人劝说我挑南瓜形状的、梅桩形状的紫砂茶壶，或者壶上刻着"风雨送春归"字样的，我死活不要。父亲在一旁一句话也不说，随便我选。宜兴紫砂器具闻名天下，尤其紫砂茶壶。用它泡茶，夏天放上一夜，也不发馊。更主要它泡出的茶没有熟汤气。这些是老生常谈了。这把紫砂茶壶跟我近三十年，但也不是总用来喝茶，有几年我把它作为酒壶，冬天的时候，我装黄酒。那时候没钱，只能喝一点名之为黄酒其实是勾兑的准黄酒，为了去除过于浓烈的酒精味，我把准黄酒先倒进紫砂茶壶，再沉下三五上海话梅（俗称"奶油话梅"。广东话梅添加料太多，不够纯粹），泡放一天，翌日夜晚隔水加温，实际是把紫砂茶壶端入铝皮锅里蒸。紫砂茶壶和话梅能把酒精味共同钓走。虽然酒味带着酸甜，但口感上真的醇厚。黄酒的美，美在醇厚，意思若到，我当快活。

据说宜兴紫砂器具发端于宋朝，茶壶是从明代中期逐渐——从实用的一件茶具，到最后都舍不得用、只作为观赏的艺术品，其中大约经过五六百年时间。从实用，到不实用，艺术就是这样发展来的，命吧。明代正德嘉靖年间，有个名"供春"的书童（传说大名为"龚春"），随吴姓主人金沙寺读书，他忙里偷闲向老和尚学得制作紫砂茶壶的手艺，青出于蓝，一举成名，他做的紫砂茶壶就叫"供春壶"，当时就有"供春之壶，胜于金玉"之说。从此之后，名家辈出，明有时大彬、徐友泉、陈仲美等高手，清有陈鸣远、陈曼生、邵大亨诸行家，尤其陈曼生杨彭年合作的"曼生壶"，将诗文书画汇集一壶，达到另一个高峰。这些也是老生常谈了。故宫藏品"供春壶"，据说是唯一一把，我只见过照片，好像模仿一段老树干，疙疙瘩瘩。有专家说是赝品。如是赝品，我觉得更好，这样神龙见首不见尾了。就像"画中有诗"的王维，就像"米家点"的米芾，他们果有真迹流传至今，那会减少我们多少向往和想象的兴味？

艺术史上仅仅留下姓名的艺术家，再有一点故事烘云托月，在我看来，他们拣了个大便宜。

宜兴紫砂茶壶大致分为两种，花货和光货。"供春壶"属于花货，"曼生壶"属于光货。我并不流连"曼生壶"，所谓"曼生十八式"，见到几式，觉得尖新乖巧一点。"曼生壶"一如杨万里摆脱江西诗派后的诗风，别开生面，却器量窄小。但杨万里还是中国第一流诗人，器量窄小不一定是坏事，胸襟泛滥不一定是好事，泛泛而谈者泛滥成灾。

花货写实，仿造松树、桃子一类的茶壶；光货壶形抽象，几乎有一种哲思。欣赏紫砂茶壶，花货要不矫揉造作，光货要不枯燥乏味，就是上乘。其中学问，我是不懂。

一天我上班，发现办公桌上那把跟我近三十年的紫砂茶壶不翼而飞，它是有情之物，想必出门寻找我的童年去了。

回忆茶

我喝茶并不讲究，只要不是白开水，有茶叶就行。当然能喝到一杯好茶，大是愉快，甚至有前世修来之感。

我自己泡茶，在不浓不淡之间。好茶浓一点还没关系，蹩脚茶浓了，就难以应酬。

喝茶是与自己应酬，有时候这样。更多时候是与自己说话。

以前愿意深夜喝酒，喝到神志模糊，上床睡觉。现在酒是不喝了，深夜新泡一杯茶，喝到头脑清醒，也是上床睡觉。神志模糊的上床睡觉与头脑清醒的上床睡觉，没什么本质上的区别。无非一个早点做梦，一个迟点做梦。人不能没钱，没钱寸步难行；人可以无梦，无梦照样纵横天下。再说我并不想纵横天下，就更可以迟点做梦了。

有一年，我买了六把紫砂壶，加上朋友送的两把——茶壶的品质天壤之别，我轮流用它们泡茶——好茶用蹩脚茶壶泡；蹩脚茶用好茶壶泡，我既不成人之美锦上添花，也不落井下石越描越黑。

我结婚之前与父母同住，喝茶也就不花钱，有一次，拿到一笔稿费，在当时看来数目不小，又正巧有朋友去福建出差，我就让他捎点"大红袍"或者"铁观音"，这两种茶在江南市面上看不到。不像现在改革开放啦，什么茶都能看到，但是真是假，全凭你的造化。我翘首以待，朋友他终于回来，一见面他就说我的那些钱只能买"大红短裤"或者"泥菩萨"。至此我才知道茶原来是很贵的，于是我喝茶就更不讲究。

回忆里，往日美好，是我三十年前在虎跑喝龙井，二十年前在紫金庵喝碧螺春。这已不仅仅喝茶，是在做积德事。可惜在紫金庵喝碧螺春刚喝第二开，外地来的小说家一定要我陪他去看泥塑，等回来再喝，茶味已过，就像眼睁睁看着邻家少女老了，却一点忙也帮不上。

茶意五帖

她说那些老茶树是乔木，长满苔藓、藤蔓以及寄生物，有的长着茶茸，一种草本植物，又叫"螃蟹脚"，树龄不到，"螃蟹脚"长不出，现在则有人作假。她给我看她拍的照片，茶茸英姿飒爽，我是第一次见到。

喝着她自己跑进深山收来的茶。她说这款茶就是老茶树的，气厚。她告诉过我树龄，我想不起了。我妻子说她没有喝过这么质朴的茶。

我的感觉有些不同，不觉得质朴，起码不仅仅是质朴。喝到第三泡时，"横空出世，难以为继"，如读韩愈诗。

说是读韩愈诗，这有点应酬。韩愈诘屈聱牙、横征暴敛，因为他渊博，一渊博自然横征暴敛；他又好奇，一好奇自然诘屈聱牙。如果茶的味道诘屈聱牙，茶的香气横征暴敛，定不是好茶。我这样说，无非觉得这茶味渊博和茶香好奇吧。到底如何，我也当时惘然，因为过去和未来都惘然了。

此刻我想起来我喝到第三泡时，觉得的，忽然觉得的，是我并没什么经历。

一直坐在你们对面喝茶：你们给我。

石田深深刮风扁，春水浅浅涨月圆。喝这款茶的时候，脑袋里掉出两个句子。前一句滑稽，后一句苍白。也是这款茶给我的印象。"风扁"，这茶味薄；"月圆"，这茶香满。香不能太满，满就没有回旋余地。好的茶香——香之意味回到空无。说空无不准确，是空明吧。香之意味回到空明，令人远望，或许是怅望，最好是怅望。

常常是这样的，有的茶初泡奇香，就这一泡，随即香消，茶味也跟着浇薄。这是茶香夺茶味。说到底，喝茶还是喝个味，味第一，香其次。不必过于强调茶的兰花香、桂花香、玫瑰花香和板栗香，再香也香不过兰花、桂花、玫瑰花和板栗。我直接去闻兰花香、桂花香、玫瑰花香，我直接去吃板栗就是。茶的香，好就好在似有似无、时有时无，好就好在遗貌传神。遗的是花香之貌，传的是灵气之神。天地之间一股活泼泼灵气！

午夜时分，我们喝另一款茶，他们不喜欢，我说：

"这苦味，我觉得挺厚。我对茶的理解是许苦不许涩，怕薄不怕厚。苦味是厚，涩味是薄。苦，不一定不是好茶，细细品来，苦超过涩,苦而不涩,就算得上不错的茶。人世的不幸、遗憾,我们太贪。我现在觉得不幸是一种贪婪。"

此话乏味,屏风上一只工笔白鹦鹉昏昏欲睡,一惊,一扑,掉入茶壶,闷死了。

近来喝完茶,我会把叶底收入一青花小盘,舍不得丢。我有观叶底之癖。碰巧岩茶和碧螺春挤在一起,就像老黑的花脸搂住嫩绿的花旦睡觉,鼓声琴声响起来。再看,又像绍兴霉干菜和上海小青菜,霉干菜蒸着吃,小青菜炒着吃。我观叶底,从男女观到饮食,我快一人得道鸡犬升天:海水蔚蓝,滚滚红尘若几朵桃花默默无言。

多好,大伙儿都默默无言,忙自己的事。

我那天在"老舍茶馆"遇到朱女士,她是苏州人,听说我也是苏州人,就送我二两"苏萌毫",即苏州产茉莉花茶。我很少喝茉莉花茶,我在苏州时候,并不知道"苏萌毫",到北京后才知道的。一次喝着茉莉花茶听西河大鼓,有茶人说喝的如果是你们苏州的"苏萌毫",那就两美了。

二〇〇六年一月二十九日,大年初一,我在北京,家里没青橄榄,也就泡不成故乡"元宝茶",总觉得少些喜庆。往年春节期间我在北京也没"元宝茶"喝,但我书红看花饮酒喝茶,还是很喜庆的。

昨天下午，磨浓了墨正欲书红，才发现一卷洒金红宣找不到，可能早被我用完。而偏偏水仙已谢，蜡梅再也没人送，是不是冷清呢？有花有茶，是不是喜庆呢？要现在有花有茶，我只得喝花茶。泡出"苏萌毫"，一喝之下，果然有神来之笔，只觉花香茶味互相谦让，颇具君子风度。

我以前喝过的茉莉花茶，如周围人事，茶味一直退避三舍，而花香还是穷追不舍，茶味偶尔抗争一下，结果还是被花香压了下去，于是我带着一嘴巴别扭之花香，奈何它不得，它在我口中小人得志，洋洋得意。记得有一回它把我逼急，我就去搬救兵，在浙江菜馆连吃一盘油炸臭豆腐干（辣酱要辣），方逐客出境。

我觉得"苏萌毫"茉莉花茶在乍冷还热——它的茶汤温度在乍冷还热之际，茶味醇厚，花香幽静，细嚼慢咽，幽静了——后院棋声安详地眨动眼黑眼白，真幽静。

写完一封信，喝茶。虞山茶。

虞山是半出半入的山，茶有士大夫气。这么说或许勉强，但与碧螺春不同确实明显。如果用性别区分，碧螺春为女，虞山茶为男。如果用年龄规划，碧螺春为青年，虞山茶为中年。茶真个是繁星在天，各有光芒。

记得某年在兴福寺方丈室，我画了一下午画，黄昏时候上山转转,于竹林看到独独的一棵茶树,我第一反应是它永无出头之日。浓荫蔽日,不管朝阳还是夕阳,都被竹林一手遮天。我对这棵阴影之中的茶树心生怜悯,我们是兄弟。阿弥陀佛,我们是兄弟。

好事成双

水仙开了,心里清淡,不想做事,就喝茶。喝着名"水仙"的武夷岩茶。水仙岩茶与水仙花两码事,但在水仙花下喝水仙岩茶,觉得好事成双,美滋滋的。这水仙岩茶是我前不久从武夷山茶人刘先生那里买的,当初想要个半斤,他说来三两吧,每个人有不同的茶缘,不妨先试试。

水仙花清淡,水仙岩茶却浓郁,两个放在一起,像一会儿听古琴,一会儿闻羯鼓,心情大起大落,颇有戏剧性。

水仙岩茶是武夷岩茶中的一种。武夷岩茶为乌龙茶类,属半发酵青茶,我很喜欢看它汤色,我更喜欢听它品名,十分有趣,略抄一些:大红袍,白鸡冠,铁罗汉,水金龟……我要给它们编出戏:大红袍是老生,白鸡冠是小生,铁罗汉是花脸,这三人义结金兰,称兄道弟,对了,还得弄几个女人来戏里,无女不成戏,兰贵人怎样?老茶婆怎样?兰贵人和老茶婆也是武夷岩茶品名,兰贵人是花旦,老茶婆是老旦,行当差不多全了,可以往下走了,白鸡冠爱上兰贵人,不料水金龟作怪,水金龟是丑,于是一场恶战。欲知后事如何,请听下回分解。但没下回。

我在不知道水仙岩茶的来历之前,以为它有水仙花香,半天没嗅出,看叶底,见它柔软舒长,像水仙花柔软舒长的叶子,就认定水仙岩茶的来历。笑话了。后来才知道掌故:水仙岩茶原产祝仙洞,道光年间有泉州苏姓者途经那里,看见一棵茶树,采点回去,试着制茶,想不到竟有天然花香,就命名"祝仙",当地"祝""水"同音,天长日久,成了"水仙"。

我很难明白"祝""水"同音,就像北京人很难明白苏州人"王""黄"同音,"吴""胡""何""贺"不分一样。

一翻书,无意带动桌上水仙花,似乎要与茶气翩翩对舞,一阵花香脱衣而来。

喝了七泡,水仙岩茶还有余音绕梁。我嗅着杯子,隐隐地带着兰花香。有人说,水仙带兰花底,就算不错的岩茶。

那天,刘先生请喝老枞水仙,茶树树龄一百七八十年,是他家的,他家几辈人都种茶。我喝到青苔香,据说这是老枞水仙的一个标志。老枞水仙的树干上会长满青苔,苍绿的精灵,墨绿的精灵,在茶园、在山中,身如阅世老禅师。

老枞水仙在刘先生家乡已经不多,二十世纪七十年代喝武夷岩茶的，流行喝肉桂，茶园就这么大，茶农砍掉水仙种肉桂。想不到现在流行喝水仙了。

正喝着，刘太太月环进门，她说喝老枞水仙啦，问我喝没喝到另一种香。

其实我刚开始喝到的并不是青苔香，喝第一口时候，感到一种香如此熟悉，却说不出来。喝茶经常会碰到这种情况。月环告诉我，是粽子叶香。她又告诉我，大红袍的正宗茶香也是粽子叶香。

第二天早晨，我嘴里还在过端午节。

香艳小说

近来绿肥红瘦，喝不到祁门红茶。二十年前，是二十年前吗？我在桃花坞上班，隔一条马路有个茶庄，店内经常开一小灯，一副老于世故的黯然，但我很喜欢去那里逛逛。香啊！我喜欢去逛的地方还有中药铺，也是，香啊！药香是入世的；茶香是出世的。入世出世，都——香啊！这样的人，一生简直就是一朵花。有一次我又在茶庄逛，听店员给他朋友推荐祁门红茶，说刚进的货，等级不低，价格却便宜，你可以买一点。我也买了一点。在这之前，我对祁门红茶一无所知，我祖母和我父亲只喝绿茶，说红茶火气大。回到单位，我忙用紫砂壶冲泡，紫砂壶就像那个茶庄似的，一副老于世故的黯然，往里瞻眺，半天也看不清汤色。于是我马上去杂货店，买回一只玻璃杯，很让同事笑话，说喝点红茶喝出名堂来了。

记得那天我用玻璃杯重泡，它汤色红艳，在这红艳之中，似乎还有一道山门，山门的影子是金黄的，香气腾云驾雾满满地围住我，又有新的红艳弥漫。我觉得自己不仅口福不浅，艳福也不浅。

多年以来，我把喝祁门红茶当作读一部香艳小说。

这么说祁门红茶，态度是不是轻浮？

虽然祁门红茶历史不过百年，却极富历史感，甚至有传奇色彩。原先祁门一带只产绿茶，直到光绪年间，有个在福建做官后来回乡经商的黟县人，觉得红茶利厚，就设立起红茶庄，仿效闽红做法，做起祁红。祁红是祁门红茶简称，让我联想到祁连山，于是胭脂显灵。也许正因为做的是红茶，那个黟县人一下走红。黟县人是很聪明的，我认识不多的聪明人里就有三个黟县人。

人说祁门红茶的特点似花非花，似蜜非蜜。我猜想似花非花说的是香气，上乘祁门红茶，据说带兰花香；而似蜜非蜜，大概说的是回甘。似花非花，似蜜非蜜，许多茶这样，也就说不上特点，只是共性——好茶的共性。事实上似花非花似蜜非蜜说的都是祁门红茶的香气。

祁门红茶的特点，在我看来还是它的香艳。晚清的香艳小说，态度有时是轻浮的；但"香艳"这两个字，并不轻浮。

冬天晚上，喝一杯祁门红茶，如果碰巧下雪，就像守着红泥小火炉，说不尽日常生活里的庄严。也是说不得。

那就说不得。这篇文章是我写好后消失，又重写的。前几天下午，我正写着这篇文章，不多说了。也是另一种说不得吧。我更相信这个缘故,既然名《香艳小说》,态度难免轻浮,于是时光如水,它在水上漂,如此这般地漂走了——轻浮而去。

回到开头,我说近来绿肥红瘦,并不准确,近来喝普洱才是时尚,应该说黑肥绿瘦红落尽,香艳小说被武侠小说替代了。(这是一篇旧作,红茶现在已很流行,还有黑茶;而普洱早从黑茶类独立而出,并开始有点不走运的样子。)

青梅竹马

　　一些人嫌碧螺春淡。碧螺春就要淡，它用它的淡，固执地给喝茶者留下印象。或许多年以后，花前月下，波澜不兴，我们又会回忆起碧螺春来，觉得这淡，如此典雅，哦，原来碧螺春一生修养，就修养这淡。

　　碧螺春的淡，淡而有味，"人淡如菊"，一位窈窕淑女肌肤粉嫩身材娇小跳出红尘之外。碧螺春是寂静之茶，没有欲望。我喝正山小种能感到此茶的欲望，生命之热，呼风唤雨。这是两种风格，硬作比较的话，"山路元无雨，空翠湿人衣"，碧螺春是王维山水诗；而正山小种，总会让我想起"山红涧碧纷烂漫，时见松枥皆十围"，韩愈的文气。

　　"欲造平淡难"，所以碧螺春真不容易。喝它不容易，我写它也不容易。

　　喝碧螺春需要意会，会心一笑。

喝碧螺春能喝到会心一笑，凡事也能"归绚丽于平淡"。

这时候好像偏偏又来一个唐太宗，竟然觉得碧螺春绚丽。这么绚丽，全在不露声色之中。不露声色，露了香气。碧螺春香气是绚丽的，花果香是碧螺春的个性。说碧螺春个性如花也是对的，但这花不是山茶花，也不是牡丹花，碧螺春香气的形状（香气是有形状的，用心就能看见），没有山茶花形更没有牡丹花形那么肥大。如果说山茶花牡丹花像碗像盆，碧螺春香气的形状就似酒盅，它是小小的、含蓄的、凝炼的、内敛的，甚至不乏谨慎，这一点上，很像苏州人，当然是传统苏州人。传统苏州人是很有形状的，我小时候在小巷还偶尔见到，现在跑遍城里，苏州人都像印度红茶了，反正我说不出话不出此等风味。这话过了，得罪。

碧螺春常常被种在枇杷树下、杨梅林中、板栗园间，耳濡目染，尽管身不能像枇杷打金弹、杨梅落红丸、板栗推敲毛粒子，但气息上早已与枇杷杨梅板栗的花香果香难解难分。

之所以碧螺春香气是小小的、含蓄的、凝炼的、内敛的，因为枇杷杨梅板栗开花，它们的花就是小小的、含蓄的、凝炼的、内敛的，不注意的话，没觉得是在开花。枇杷杨梅板栗的果实也是如此，上面说到碧螺春香气的形状没有山茶花形更没有牡丹花形那么肥大，也可以这么说，碧螺春香气的形状没有西瓜更没有冬瓜那么宏伟。

甚至比一粒蓝莓还小。

今天下午，我试着用工夫茶茶具冲泡碧螺春，盖顶居然落入一股团团转的青梅香，即喝一盅，体会到——我从没有享受过的碧螺春的天真无邪！碧螺春的茶味还有天真无邪的味道，在我是第一次。是不是联想的原因呢？我由青梅之香联想到竹马之声，青梅竹马，天真无邪，顺水推舟，不费力气。喝茶需要不需要联想呢？我的意思，自然而然，青梅无意侬嗅，竹马随便郎骑。

旧时月色

我对六安瓜片的兴趣，其中有种好感，完全因为汪先生。汪先生对六安瓜片的狂热，像少年人酷爱幻想、好茶酷爱好水一样。汪先生是茶商，他对我说，他受过刺激，尽管六安瓜片是中国十大名茶之一，但一些卖茶人都不知道六安瓜片了，以为地瓜干。于是汪先生决定把一生献给六安瓜片。他是有福的。我想把一生献给碧螺春，我根本没这个福气。虽然我还不至于把六安瓜片当作地瓜干，但我真正喝它，却是不久前的事。记得那次喝六安瓜片，赵先生冲泡，朵朵瑞云杯中升起，状如金莲花，真似我写过的"云头花朵"这四个字，心里就有些结缘的喜欢。我向赵先生请教六安瓜片，赵先生就把汪先生介绍给我。我与汪先生见过几次面，宛若信步山中，大树下喝了一回茶。

六安瓜片，"瓜"，指证外形，形似瓜子（以前六安瓜片就叫

"瓜子片",为了称呼上的方便,逐渐简化成"瓜片");"片",示意内容,以单片为单位(术语称作"壮叶"),不带芽和梗,好像江湖上一位赤手空拳、特立独行的大侠。

它大概是中国独一无二的片茶。

赵先生冲泡之前,我欣赏干茶,只见六安瓜片的叶色,这种绿,是什么绿呢?中国的绿茶之绿,都绿得不同,各有讲究,我是外行,对六安瓜片的绿,终于说不上来。当时请教赵先生,赵先生也说过,想不到我此刻忘了。但干茶叶片上的白霜,给我美好印象:春夜寒意未消,星星在碧空之中泠然的眼色。

六安瓜片按山势高低,分内山瓜片和外山瓜片两个产区(极品六安瓜片只出内山),海拔300米以上的为内山瓜片,除此都属外山瓜片。内山瓜片产于高崖深谷,阴湿隐蔽,烈日照不到,寒风吹不透,云滋雾润,叶片的肥厚理所当然。由于叶片理所当然的肥厚,茶味也就顺理成章的浓重了。而最为独特的还是制作工艺:拉老火——它一锤定音,形成六安瓜片特殊的色、香、味、形。

经过采摘、扳片、炒生锅、炒熟锅、拉毛火、拉小火这几道工序,最后一次烘焙就是俗话所说的"拉老火",也有说成"打老火"的。拉老火场面壮观:木炭通红,火气盈尺,两个茶农抬着烘笼烘上三五秒钟,立即抬下,分头翻茶。抬上抬下,边烘边翻,据说要连续翻烘八十一次,直至叶片绿中带霜。想不到白霜是火炼出的。

赵先生冲泡的六安瓜片,汤色质朴,我只能用质朴加以形容,一臻质朴,而香气自然沉着,而滋味自然高古。

后来再欣赏干茶,我觉得更像旧时月色中的一笔厚实与大度。

蒸青闲笔

蒸青是茶叶加工工艺，从唐代传到明代，大概所蒸时间过长，给蒸黄了，于是明代人就自觉地站立起来共同扫黄。蒸青在明代式微的原因，是茶叶另一加工工艺炒青滥觞，于是明代人就自觉地站立起来共同炒作。蒸青，珍禽呀。现在要喝到蒸青茶，不容易。蒸青名品"恩施玉露"，我肯定没喝过。但也不一定。昨天我说我没喝过"白毫银针"，今天偶翻日记，发现我不但喝过"白毫银针"，还有感慨，"喝茶给我的启示——这是在尘世努力与积极地享受"。蒸青名品"恩施玉露"我或许没喝过，蒸青茶我是喝过的。我喝过"新林玉露"，它也是用蒸青法制作。去年我喝了。去年我喝剩的半盒"新林玉露"，一直存放在书架上，它的外包装很有东洋风，仿佛浮世绘局部，正好用作川端康成和三岛由纪夫他们文集的伴娘。下午我拿出来喝了：它的茶味，会绕过舌尖、舌心，快速地通过舌头两侧，往舌根压去——舌根那里沉甸甸的。也就是说苦。凡是好茶，它的味道决不会一味。它是很丰富的，一口好茶在舌头上会无穷无尽变化：一会儿世代书香，一会儿变迹埋名，一会儿把素持斋，一会儿错彩镂金，一会儿方面大耳，一会儿忘象得意，一会儿穿红着绿，一会儿格高意远，一会儿汉宫威仪，一会儿不耻下问，一会儿话中有话，一会儿黄卷青灯，一会儿款语温言……或沧海桑田。或洁身自爱。或哀莫大于心死。说到底，茶的味道又是雅俗共赏的。"新林玉露"作为茶，它有点像长工，在一群"红小兵"崇拜的眼光包围之中一味诉苦。而一味诉苦，这，这也就是蒸青茶的特点吧，我也拿不准。拿不准还有我没对它好好收藏。茶是要收藏的。

　　下午，我喝了河南蒸青（蒸青茶让我觉得颇有高古之风，但不免质直，"文似看山不喜平"，喝茶何尝不是如此呢），又喝了安溪铁观音和滇红。

　　"只有你知道，茂陵多病，幽树多花。你知道楼头——萧萧，喝铁观音，萧萧风铃声，萧萧枫林深。"

　　"吃晚饭前，我看了看红茶叶底，仿佛雷诺阿的油画作品；我摸了摸，质感一如丝绸。我不多的喝茶经验告诉我，叶底色彩丰富的，茶味也厚；叶底质感柔滑的，回甘也好。"

　　这也是奇迹吧，即使我饱喝铁观音和红茶，蒸青茶的味道还时不时在舌根上跳一下，说：

　　"我在这里！"

橄榄札

小妹拿来一袋新鲜橄榄，结实明朗，宛如清泉水底苔意沁碧的鹅卵石。

茶中杂以他物，由来已久。《茶经》摘录《广雅》，有用茶与葱、姜和橘子合煮的记载。先人时代，煮茶为饮。现在除少数民族地区的一些饮茶习俗，大多数人不会在茶里下葱、姜和橘子的吧。

苏州人新春会在茶里下橄榄，名"元宝茶"。

茶是绿茶，如果橄榄下在碧螺春茶里，滋味更好，盈盈，隐隐，气息影青。

泡碧螺春一般下投，先斟水，再投茶。刚才，我试试水温，六十多度，个人经验不下投也行。我在玻璃杯里放入一枚橄榄，再投碧螺春，淅沥似雨，有水注入。第一口是碧螺春的香与味，第二口是碧螺春的香与味，第三口新鲜橄榄的香与味像兰花的一根叶子弱不禁风地从深处抽出，撩拨舌尖，软刺上颚。随后是一会儿碧螺春的香与味，一会儿橄榄的香与味，交替穿插，井水不犯河水。它们融为一体是在三泡过后，但这时也人老珠黄没精打采了。

《茶经》摘录晋朝人社交礼仪，寒暄过后要请客人吃茶三杯，然后奉上甘蔗、木瓜、元李、杨梅、五味子、橄榄、悬钩、葵羹各一杯。记载不详，不知道是甘蔗汁什么的，还是果盘？如果是喝甘蔗汁什么的（原文用"各一杯"字样），加上前面三杯茶，共有十一杯流质，大有水淹七军的架式。社交礼仪往往是让人受罪的文明，独处才说得上不亦乐乎。

上面说到甘蔗木瓜，日常里我很喜欢杨梅和橄榄，姑且不言它们的滋味，单是这两个词的形声，就使我喜欢。我没吃过新鲜木瓜，据说嚼之无味，难道它是伪装成水果的鸡肋？陆时雍《诗镜总论》里说："余尝谓读孟郊诗如嚼木瓜，齿缺舌蔽，不知味之所在。"看来并不是嚼之无味，是不知味之所在，一点悟性也没有，那么不是木瓜的错。

为了验证"如果橄榄下在碧螺春茶里，滋味更好"，我试着把橄榄与六安瓜片同泡，用白瓷盖碗。

我先在白瓷盖碗里放入一枚橄榄，也真是怪，六安瓜片往白瓷盖碗里奔去，偏不凌驾于上，只是洒落聚集在橄榄周围，橄榄像是被六安瓜片抬举出来，但橄榄的神色却不得意，相反更为谨慎。

  六安瓜片圆周如巢，橄榄好像安卧其中的绿色鸟蛋，我都舍不得灌水。

茶 梅

朋友送我一盒台湾"鹿谷茶梅",图案很有趣,一碟茶梅,两片鲜叶,衬着茶园——剪成梅花形状,有趣在我粗看细看,反正我怎么看,剪成梅花形状的茶园都像几棵青菜。我就把这包装盒留下。

"鹿谷茶梅"原料:信义风柜斗青梅、鹿谷冻顶乌龙茶梅、茶汁、果糖、盐和甘草天然合成香料。

包装盒上还有一首诗,"一夜东风吹石裂",我就是这样想象冻顶的,而"伴随风雪渡关山",似乎要去戍边。

"鹿谷茶梅"颗粒硕大,肉质肥厚,虽少梅子味,工艺却颇有特色,打开袋子,里面有稠粘的茶汤和完整的乌龙茶叶。

现在大陆也产茶梅,绿茶梅,乌龙茶梅,碳熏茶梅,还有不伦不类咖啡梅,也算在茶梅品种里。不知为什么,没见过红茶梅。

梅花开的时候,它的风韵已经有不少人论及,车载斗量。但我更喜欢梅花落尽,梅叶老成,尤其是夏天,梅林一走,真有幽静之感,幽深之思；天气与光线正好恰到好处，天气说阴未阴，说阳欲阳，光线则是微言大义，谈吐不凡。

　　此刻我正梅林一走，觉得自己是危言耸听的长颈玻璃瓶中的一滴酒。光线浓了重了，我就是一滴黄酒；光线淡了轻了，我就是一滴米酒；光线不浓不重不淡不轻，我就是一滴杨梅酒或者葡萄酒。如果葡萄酒的话，就是干红。我喝酒差不多喝到境界，平日滴酒不沾，也能有一份醉意，所以我索性不喝酒而喝茶了。哪天我再去梅林一走，会不会觉得自己是门庭萧瑟的梅桩紫砂壶中的一滴茶？想不到茶更醉人，我不去梅林一走，就已经觉得自己是一滴柴盐油米酱醋茶了。

　　说到酒，我觉得茶梅下酒，不错；用它来供茶，味道稍过。

　　绿茶梅，乌龙茶梅，碳熏茶梅，这三种茶梅，绿茶梅和乌龙茶梅香料添加太多，碳熏茶梅不错，我喜欢它的烟火气，有卢仝《走笔谢孟谏议寄新茶》味道。纱帽笼头，自煎茶吃，卢仝这一首诗传唱千年，"七碗"之吟，如珠走盘，似水泻地，气韵生动，层层推进，又云蒸霞蔚地叠加一起，饮茶的功效，饮茶的审美，饮茶的文化，在这"七碗"之中淋漓尽致。"七碗吃不得也，唯觉两腋习习清风生"，饮茶的快感到"吃不得也"，也是匪夷所思。更匪夷所思的还是"便为谏议问苍生，到头还得苏息否？"卢仝从茶进茶，从茶出茶，由茶之内的茶吃到茶之外的茶，他之所以被尊为茶中亚圣，道理或许是在这里。

"七碗吃不得也",八碗不得吃,茶淡也。茶淡了吃茶梅,方有回忆——

去年我在太湖东西两山游玩,村里人正大砍梅林,他们说梅子不值钱,要种茶树。

茶渍记

　　常常这样，我喝完最后一泡茶，已是凌晨，也就懒得清洗茶具。第二天看茶盏，竟然好看，好看的是茶渍，于是有些舍不得洗掉。有时我就索性隔夜留些茶汤在茶盏里。

　　一次我喝岩茶，四只茶盏里的茶汤没泼干净，明天一看，有只茶盏里的茶渍尤其好，由于倾斜，茶盏底部沾上几片茶叶的缘故，茶汤就在一侧形成浓重的茶渍，逶迤，高耸；低眉退身，而另一侧淡然。茶盏里已经不是茶渍了，好，乾坤佳山水，又恰有岩茶的碎片浮沉茶汤，看得见扁舟一叶出没风波，而舟上人须发逆风，秋江万里。可遇不可求。

　　岩茶茶汤一夜之间在白净的瓷茶盏里写意而出的茶渍是浅绛色的。这种浅绛色，极其靠近浅绛山水画上的色度，不，还要偏浓一些，没有浅绛山水画上的色度来得寂静，但茶渍自有湿度，此时动人滋润，正是：

秋山雾起行春雨，一衣朱丹带水青（杜撰）。

颗芥粒米，万水千山，茶汤经过的地方，都会留下茶渍。我喝茶，用这三种茶具：紫砂壶、白瓷盖碗和玻璃杯。喝茶者的茶具大致如此吧，也不一定。就有人爱用石壶喝茶。江湖上有位英雄豪杰，远远望去，他像在玩石锁，走到近边，只见热气从石锁的洞洞眼里冒出，才猜到原来是一把茶壶。这位英雄豪杰喝到好茶，会"哇哇哇"一阵大叫，这在茶馆里就引起麻烦，续水的茶博士吓一大跳，忙赔不是，以为开水烫着他。某年缥缈峰下，文人茶会雅集，本不带他的，他不请自来，说要出个节目，让大家高兴高兴。他在石壶里放进茶叶沏满水，把石壶往天上一扔，接住，不漏一滴水。大家皆有兴趣，甚至急迫，想看他表演，他却不慌不忙说起茶来，他说石壶往天上一扔再接住，这叫"天地回春"，是泡秋茶用的；春茶太嫩，这么上天入地一来一去，茶汤就老了。英雄豪杰讲起茶经，居然座上没一个对手。石壶质地容易留痕，况且会让茶渍变色，比如岩茶的茶渍浅绛，非常文气，到了石壶里却是黑乎乎一大片。英雄豪杰常要清理茶渍，他手大指粗，探不进壶中，只得调息运气，朝壶中吹上一口，然后盖紧壶盖，嗡——气流嗡嗡作响，在里面旋转，据他所说会转出三幅太极图。不多时，茶渍纷纷从壶嘴喷出，直上云霄,炮声隆隆。院子里槐花盛开,蜜蜂飞来,蜜蜂它光想着采花酿蜜,没注意翅膀底下他在清理茶渍,甜蜜的小身子骨就这么身遭炮击。呜呼!

茶渍在玻璃杯里,正是:

沧海月明珠有泪,蓝田日暖玉生烟(李商隐)。

茶渍在紫砂壶里,正是:

柿叶翻红霜景秋,碧天如水倚红楼(李益)。

茶渍在白瓷盖碗里,正是:

一溪初入千花明,万壑度尽松风声(李白)。

茶渍在石壶里,正是:

东指羲和能走马,海尘新生石山下(李贺)。

这是茶渍在不同茶具里的趣味,也是我的感受。

茶渍又记

在这不圆满人世,我常常说我的信仰就是自由和艺术。迟了。觉得迟了。喝茶也迟了。人走茶凉,人不走茶也凉,茶早已凉了。沉迷于趣味之中,无奈,执迷不悟。我执迷不悟地喂养五盏茶渍,色泽已经衰弱,壁画斑斑驳驳,洞穴没有出路。等一会儿我要把它们洗掉。蓝天中的云飞白,带着响声。水仙的茶渍如麻——纤维有体温。谁的体温?我起先以为是老虎,转动一下,又是大象了。皮毛的变化使我多年盲目。我忽然生出诡异之心,认出一个人舞蹈,长着猫脸。正因为长着猫脸,也就跳出人类。说什么性别!我看清楚猫脸的两只耳朵,没有胡须。它既然没有胡须我也就忽略胡须,我更依赖于那两只耳朵。猫脸如麻的纤维,如麻,纤维,带着,响声。猫脸也飞白。接着是碧螺春的茶渍,一轮满月里的兔子头。按照我的常识,月亮上有兔子:

这个依然喷上银漆坐在兔子头顶的兔子头，
　　发出"比比"之声，喷上银漆，给茶叶和树叶。

　　这不一定是月亮上的兔子。但如果我不盲目的话，细看茶盏：碧螺春的茶渍：我看到一轮满月里的兔子头并不是兔子头。我越看越像狗头，越看越像是狗头，一轮满月里就是狗头了。惶惑有一瞬也看成马头：

　　马头惟有月团团。

　　退之退之乾大坤大，茶盏里撑船——两岸灯火揉捻进菖蒲河顺流而下，海，一片雀舌。毛尖的茶渍意若雨花，心倦神疲，默坐湖山，少而壮，壮而老，日迈月征，骎骎晚境，凉竹簟之暑风，曝茅檐之晴日，看上去死心塌地，但不改旧时香味色。雨花也带着响声。继而普洱的茶渍。普洱的茶渍还是红艳绚丽，茶渍在茶盏底部形成一口水井。我照出别人面孔：

　　总为浮云能蔽日，长安不见使人愁。

　　最后一盏铁观音，养得晚，茶渍浅黄，晨露未晞，宛如落向深渊的一滴水。水落之际，顺便把刚才的梦记下：我和妻子晚年在扬州生活，一天去茶馆喝茶，茶馆主人抱着个穿红棉袄的小孩，我身上有些冷，就此别过。

"早晨五点钟睡下"
2006年1月16日星期一

早晨五点钟睡下,上午十点钟被电话吵醒,我也索性起床喝茶。茶是天地精华对人的恩惠,不仅仅如此,还有人物的情感和思想。平日里第一道茶常是六安瓜片,清新之中有股烈性,这在绿茶种类里凤毛麟角。但我今天喝的却是武夷水仙,昨日夜行受凉,身子有些寒,岩茶当药。这一款武夷水仙,香气像云浮在半山腰,衬着碧海青天里的红日,渐渐地,头脑也开始晴朗。于是吃早餐,一碗小米粥和半碗雪菜冬笋,应该春笋了吧,朋友从杭州捎来,说是最后的冬笋。也对。早餐后上电脑,写随笔《奶饽饽及其他》,好换茶钱。茶钱比饭钱昂贵多了,所以必须悬梁刺股——贪茶或许贪出一个文章家出来,走着瞧吧。

写完《奶饽饽及其他》,已经下午,寒气从汗毛孔里风流云散,精神还是浑浊,我就喝第二道茶。平日里第二道茶常是碧螺春,今天也不例外。只是时间上偏晚了，我以往在这个时间段，喝铁观音，它救苦救难，把我救出疲乏。今天的碧螺春我泡得尤其好，可惜她不在，否则同享清福。碧螺春的滋味，清福滋味。我并不明白清福是何滋味，一喝碧螺春，就会觉得清福滋味不过如此。碧螺春的香气实在玄妙，它特有的花果香，并不能指定哪一种花果，玄妙就玄妙这里。它已超凡脱俗、出神入化。换句话说，不知准确不准确，碧螺春的香气是茶中的抽象派，辞别了写实。市面上颇有一些绿茶追随、摹仿碧螺春，喝第一口，觉得挺像，但随即就能喝出它的香是死的，也就是单调的、苍白的。那天我喝到江西茶人摹仿碧螺春的一款绿茶，是桃味，这就泥实。也就是从那天起，我真正认识到碧螺春的好处，好处全在于空灵。去，再去喝一杯，行文至此，也泥实了。

我偶尔用白瓷盖碗泡碧螺春，好闻香。这是紫砂壶和玻璃杯所欠缺的。再从白瓷盖碗里往茶盏斟酌，好观色。今天碧螺春的汤色像将熟未熟的枇杷，也就是欲黄还绿，器型圆满。只是五泡过后，它就乏了。我今天还是泡得好，一般经不住三泡。这款碧螺春，我嗅嗅叶底，有青橄榄气息（也是神奇，碧螺春的产地并不出产橄榄）。尽管青橄榄气息很是逸品，但对碧螺春而言，香气一旦定型——那就是死，死定了。

喝茶者多么冷酷，碧螺春尸骨未寒，我就打算喝下一道茶。犹豫片刻，我去拿铁观音。

"今天上午心里有事"
2006年1月17日星期二

上午心里有事，我喝着昨晚十一点半钟后泡的普洱，汤色还很华丽，看不出它的衰落，滋味当然明日黄花了。

昨天用四个白瓷茶盏，分别养起茶渍。事情是这样的，一月十五日我写《茶渍记》，"岩茶茶汤一夜之间在白净的瓷茶盏里写意而出的茶渍是浅绛色的。"印象深的只是武夷岩茶这种浅绛色的茶渍，其他全凭印象。印象里，其他种类茶茶渍也都是浅绛色的。

四个白瓷茶盏：一茶盏武夷水仙茶渍，一茶盏碧螺春茶渍，一茶盏毛尖（贵州高山绿茶）茶渍，一茶盏普洱茶渍。这也是我昨天喝的四道茶。

一茶盏武夷水仙茶渍，确是浅绛色，细看起来——被浅绛色所覆盖还是遮蔽？深处有点接近藤黄的光芒。

一茶盏碧螺春茶渍，确是浅绛色，它在白瓷茶盏里漾出一个浅绛色的圈，细看起来——边缘是汁绿的。

一茶盏毛尖茶渍，确是浅绛色，它在白瓷茶盏里咬出一个浅绛色的圈，细看，不用细看——它的浅绛色与武夷水仙茶渍碧螺春茶渍相比，它最浓，可以说是很纯的赭石。

一茶盏普洱茶渍，不知道是不是养做茶渍的时间最短，说它浅绛色，不准确。普洱茶渍像朱砂，它在白瓷茶盏里吐出一个朱砂色的圈，细看起来——在它覆盖与遮蔽之下，底子上既有赭石、棕黄，又有胭脂、曙红……看久了，竟然看到靛蓝。四种茶里，普洱茶渍最缤纷。我决定再把这四种茶渍养几天，再添几个品种进去。

前几天，见水仙花开得好，香气怡人，我就用宣纸包两泡碧螺春，系上红丝线，搁入水仙花丛。今天取出，喝了——算是一天中的第一道茶吧，哎，一没有水仙花香气，二没有碧螺春香气，许多事情想当然之际是很好的。

"晚上回家"
2006年1月18日星期三

晚上回家,看我养的五茶盏茶渍——昨晚又养一茶盏铁观音。除了普洱,其他皆是浓浓淡淡的赭石色。普洱如朱砂,仿佛天平山红叶。我把五个茶盏看过来看过去,完全一本名家册页,如果题辞的话,我题"茶渍山水梦不到",梦也有不到的地方?或"茶渍有梦到山水",岂不更好?

今天上午,喝了黄山毛尖,想与昨天喝的贵州毛尖作个比较。贵州毛尖,第一泡有很浓的板栗香。而黄山毛尖寡淡,收藏不当。

喝碧螺春——搁入水仙花丛的另一泡碧螺春,像昨天一样,香消玉殒。明朝朱权在《茶谱·薰香茶法》里说:

百花有香者皆可。

为什么我不能？方法不对吧。朱权继续说：

  于花盛开时，以纸糊竹笼两隔，上层置茶，下层置花。宜密封固，经宿开换旧花。如此数日，其茶自有香味可爱。

"纸糊竹笼"，有风雅气，但真要自己动手纸糊竹笼，也够烦的。

  下午去赵先生家蹭茶。先喝龙井：他在电脑上忙；我在书架上找书看。傍晚时分，赵先生问我喝什么茶，我说川红。那天我就看上这款川红——存放二十年，快成精了。但那天没时间喝，赵先生说送你一泡，我说送我我也不会泡啊，还是在你家喝吧。老茶如药，沸水入壶，满屋药香，斟入杯中，我说像洋酒——陈姐说就人头马似的。桃子来了，她是茶女，喝一口，她说，四川茶。她又说，制作不错，鲜叶差一点，会有苦涩味。
  赵先生说倒这茶的时候像在倒油，我感到茶汤的重量，心里愉悦。
  喝完这一泡川红，我们去楼下吃饭，饭后又上楼喝茶。对了，泡川红的紫砂壶似乎也值得一说，这把紫砂壶并不上乘，但有意思，意思在于壶上的刻字：

毛主席纪念壶

一九七六年九月九日

一九七六年九月九日，是毛逝世之日，据说这把壶纪念的就是这个，不是做假的话，哈哈，也有三十年历史了。

晚饭后桃子给大家泡茶，第一道茶是岩茶，喝了两巡，换下，它发酸。有关乌龙茶发酸问题，我请教过李先生，他告诉我："发酵不够。"

赵先生说，喝什么茶呢？

桃子说，车前子想喝白茶。

赵先生拿出等级极高的白毫银针。

我极喜欢白茶两字。桃子往茶壶里装茶。红袖，落英，甘露，夜气。她递我一杯，我一闻，也有股药香，与川红的药香不一样，川红的药香厚朴，往下沉的，而白毫银针的药香清甜，向上扬的。

白茶的茶汤明亮而有内容，我端起茶杯凑近灯光，看到茶汤里白毫沉浮，犹如芸芸众生无所适从。

陈姐问像不像广东凉茶喝到最后的味道？我说有点像。陈姐问像不像芦根？对了，就是芦根的香气！我小时候一到夏天祖母就熬芦根汤给我喝。

碧螺春片段

之 一

不料,看到积雪之中的碧螺春茶园。

二月十八日上午九点半钟,我们去西山看梅花。天上下着雪,山上积着雪——车过木渎,我见到积雪的灵岩山,怎不心旷神怡!心旷神怡的感觉如此陌生,好像几年没有了。我前年写《游园日记》,常在园林闲坐,赏心悦目是有的,心旷神怡没有。这或许就是园林与大自然的区别。

只有江南的山,初春就绿,其实它一直绿着。春雪积在山上,像在绿丝绒中洒了银屑银粉,贵气里带着怠慢。

灵岩山塔如一根苦瓜似的,味道挑选口感。众口皆甜的西瓜没人说苦,众口皆苦的苦瓜偏偏有人说甜,天才的读者天才的舌头。

雪在路上积不起，路边的树上也没有雪。

雪下成雨，赝品终究赝品，山上露出马脚。飞檐亮闪闪的马蹄铁，呼嘭哐叮哐嘟，车就到山后。山后植被不及门面，褐色的山石言词确凿：雪就是雨，后山湿漉漉。

一心告诉我，前面就是渔洋山。渔洋山，语言上？渔洋山中董其昌坟很有名气，曾被人盗过，坟中飞出一罐浓墨，泼得盗墓者一脸黑，到死都没洗白。以致民间打趣，对黑脸的会说："刚挖坟墩头转来？"渔洋山中明代有董坟，二十一世纪是一家享誉苏州的草鸡场。苏州人没沾董其昌多少光，草鸡倒得他不少灵气，拉鸡屎的时候还能悬针垂露。

渐行渐融，说的是我们沿着山路而行，春雪山上融。山的颜色多了。

车到太湖大桥，朝对岸望去，山脚（也就是岛脚）下屋顶全白。一白遮百丑，原来红红绿绿的琉璃瓦，"难看得要死"。

湖水淡蓝一片，去西山，以往渡船需几小时，可以打几圈牌；坐在车上我一支烟没抽完，就在村子里了。西山是个岛，岛上温度低，我挽高衣袖，用皮肤测试一下，认为比城里要低三度。山上有积雪，草木之中也有积雪。积雪更厚更白，不是银屑银粉，是薄荷糖甜津津的凉气。

这个村子在缥缈峰下（说是这么说，其实与缥缈峰还隔一个山头)。有人筑路。据说当初要把路筑上缥缈峰,被有识之士阻拦了,相互妥协的结果是路筑到缥缈峰下。我觉得还是过分。我宁愿此生不到缥缈峰,也不愿汽车直达那里。

　　进村后没有了,在村口,刚才还看到一些梅树,尚未著花,看着梅树上的积雪和梅树下的积雪,我觉得梅花是一边在开一边在落,开得也多,落得也多。我把积雪之桃树也看作梅花——酒店风高,禅林花满,我把农舍看作酒店,人家看作禅林。

　　西山看梅花,不料看到积雪之中的碧螺春茶园,这是我第一次看到。

之 二

　　积雪的碧螺春茶园,感觉大好,我找不到词来形容。茶园外面的枇杷树,也积了雪。因为枇杷树叶子过大,积雪就有点像残羹剩饭,酒足饭饱的人们做梦去了;茶园里面有十几棵巨大的杨梅树,叶子小,心眼细,雪积得就多,仿佛蚕花娘娘顶着一头茧丝,倩笑盈盈要从庙堂出来。碧螺春特有的花果香,据说与茶树果树混种有关(这种外行的看法我很喜欢,非说是洞庭山群体小叶种的品种香,作此解人也无关系)。茶树果树的根在地下纠缠一起,大河涨水小河满。此刻我听到杨梅树的香气冲过杨梅树树根的堤坝淹没碧螺春茶树树根又顺着碧螺春茶树树根往上暴涨酒色粉红。酒色粉红，我想起我青年时期在太湖边喝杨梅酒的光景：意气用事，喝完一瓶，醉了两天，头疼难忍。幸好此刻还是积雪的碧螺春茶园和杨梅树上的雪。

酒色粉红，杨梅酒的酒色就是粉红的，勾魂勾这里。

之 三

合作社——好久没听人这么说了。走进合作社厂房，虽然有其他器具，我先看到的，或者说我最为好奇的是灶头。

十八只灶头，灶头上十八只大铁锅。有的大铁锅里滴到石灰水，说明这灶头刚砌出不久。我嗅了嗅，石灰水味道与窗外远山紫气惊红骇绿在一人高的地方。我注意到灶头上烟囱高低不同。六根烟囱一字排开，像托住天花板，而另外十二根烟囱分成两排，背靠背似的，却只是短短一截。村长告诉我，六只锅烧柴，所以烟囱要通出去；另外十二只锅烧煤气，烟囱就不用那么高了。或许他见我有些疑意，他说村民经过多年摸索，已经掌握煤气温度，茶炒出来的结果与烧柴是一样的。汤总说，烧煤气环保。以前我几次在山路上见到背柴人；现在村民们大都用上煤气，扛着煤气罐走来走去。

俗话"二月二龙抬头"，丙戌龙抬头这一天，是公元二〇〇六年三月一日，吃过早饭，我随汤总和孙厂长去西山，他们在那里搞个合作社试点，茶厂作为法人代表。据孙厂长介绍，西山茶树都分到农民手里，茶厂则把农民组织起来，技术上给他们指导，经济上给他们帮助，而茶厂负责打品牌和营销。今天汤总就是来给茶农上课，讲农残（农药残留）问题。

这个合作社在东村，加入合作社有两百来户农民。这里的农民极其勤劳，我很难确认他们的身份，他们的身份随着季节和爱好变化，一会儿是茶农，一会儿是果农，一会儿是养蜂人、渔民和蜜饯制作者。

由于汤总讲的问题很专业，要上午下午讲两课，我听不懂，就把孙厂长拉走，让他陪我玩。我和孙厂长是初中时的同班同学，还是同桌，有一次自修课上他问我怎样才能写好作文，我说要吃墨水，他果真吃下一瓶墨水，满嘴纯蓝（我记得他当时喝的是纯蓝墨水），我则被班主任痛斥一顿，并交了张检查。

我们先去禹王庙，说确切点，是先去禹工庙那个方向。禹王庙我以前去过，觉得一览无余。跑到禹王庙附近山路上，俯瞰它的背影。好像不是背影，是侧影。如抹如点的禹王庙楚楚动人，而远山一层一层叠在一起，透明得像是用丙烯颜料画出。

缥缈峰淡墨般的。一心说（孙厂长大名一心），大概是缥缈峰。正因为它缥缈，大概就更好。今天天气介于阴阳之间，也够缥缈的。

继续往上走，我说上面有个公墓。去年我来过，在公墓的一块大石头上睡过觉，并写诗一首。回家查阅文档，诗题《五月，上午，栗子树林》，写作日期二〇〇五年五月二十九日。

　　这面坡上的杨梅树长势苍翠，我去年竟然在这首诗中一字未提，看来我那时候还不认识杨梅树。尽管我在字面上一直喜欢杨梅树。杨梅树下有片茶树，竟也没有注意到。而茶树我是早认识的。

　　下山时候，我看到禹王庙堤下一条条波浪，好像可以抓来煮了吃的白鱼。

　　绕岛一圈。一路上读着农事诗——一位老年农妇拾掇着百脚笼（百脚：蜈蚣；百脚笼：渔具），她在给百脚笼换网，刚换上去的网耀眼得宛如婚纱；一位中年农夫劈着柴，还是有不用煤气的村民，他放下斧头，看我们的吉普车过去；一位中年农夫扛出木梯，靠在房上，他爬上屋顶，我估计前几天雨雪，屋漏了。

　　中午去阿五的洞庭山碧螺春购销点吃饭，阿五是收茶叶的，收来的大部分茶卖给汤总茶厂。他们合作默契，据一心说，阿五知道茶厂的要求，基本不吃退货。所以一心来西山往往找阿五玩，有的供应商常常会吃退货，一心说和他们热络了不好办。一心到西山，吃不完的酒肉饭，像一个古代文人那样处处受到礼遇。

　　阿五五十岁不到吧，他有个笔名，叫"一文"。他写书法，颜字学得颇有功力。在我的要求下，他拿出他写的几幅行书给我看，我也实话实说，字的结构很好，笔法也不错，就是还不知道墨法。

阿五说:"是的,是的,墨分五色。"

我一个人喝着酒,一心滴酒不沾(倒不是因为开车),阿五也滴酒不沾。边吃边聊,阿五拿出他妻子的伯伯所临《唐拓十七帖》,装订成一个小本子,笔墨俱佳,尤其让我感兴趣是老先生的附言——可以说是日记,用蝇头小楷写在纸边:

(一九九七年九月廿九日上午星期一天晴临《十七帖》P.17)上午上山采药,锄头柄断,即回家。只有采到桔梗二只。

引文标点是我所加。老先生名"罗达梁",小本子封面上还写有"《唐拓十七帖》""一九九七年九月至十月""时年七十有八岁"等字样。

刚才阿五一边拿出他妻子的伯伯所临《唐拓十七帖》,一边说:

"我老伯伯写字,还懂中医,家里挂满他自己采来的药。有一次锄头柄断了,他就回家。他全会记下来的。"

我接过手一翻,就翻到了,也是缘分。在"P.17"前还有一页,也是"九月廿九日"这一天临的,我估计老先生一天会临上几页,结束之际就写点日记。

(一九九七年九月十九日星期五晴天下午临《十七帖》P.1)

第一天早晨服用白果调鸡蛋冲服。卖鸡蛋10只，计4元。

吴方言里买卖不分，很容易引起笔误，不知道是卖给别人十只鸡蛋得四块钱，还是从别人那里买十只鸡蛋付了四块钱，根据上文，似乎应该是从别人那里买十只鸡蛋付了四块钱。

（一九九七年九月廿日星期六下午临《十七帖》P.2）大栗子每四元至五元。

（一九九七年九月廿五日星期五上午临《十七帖》P.9）阴有小雨，23—24℃。穿棉毛裤、尼隆衫加绒线衫。秋分后第二天。

（一九九七年九月廿六日星期五上午临《十七帖》P.12）宇红的女儿满月，剃头。

标点真是困难，比如"宇红的女儿满月，剃头"这一句，苏州人有小孩满月剃头的习俗，况且还有讲究——女孩满一个月剃头，男孩要两个月（当然不到一点也行），俗称"双满月"才剃头，这句话指的就是这件事的话，标点个逗号没错。如果指的是两件事呢？宇红的女儿满月和老先生自己剃头，也不是不能这样想。我忽然觉得标点的重要。中国文化是讲究细节的文化，标点在以前却不发达，这倒也很有意思。

（一九九七年九月廿八日下午临《十七帖》P.15 星期日）上午上山采药，仅采到鸡矢藤三小株。上午勤超到外公家。

阿五见我兴致盎然，又拿出老先生的功课给我看，在老先生七十九岁时的《偷闲杂临自得其乐》（这是老先生的自署）中有一页，纸尾用蓝墨水钢笔写道：

98．10．26日农历9月初七割稻

割稻的"稻"字写成左边"禾"右边"又"，这是曾经颁布但随即废除的简体字。它颁布的时候我正读初中，与一心同桌。白驹过隙我如何流连光景？

一心说："饭菜凉哉。"

饭后阿五带我们去野田看梅花。今年天气冷，梅花还没开足。或许还有另外的原因，因为青梅价钱从前几年的每斤三元直落到每斤三角，还没人要。市场决定一切，农民们就不去管理它们了。虽然还有清风明月管梅花，但风雅总是虚的。

碧螺春采摘期一般在每年三月中旬，"江国多寒农事晚"（范成大词句），今年可能要到三月下旬。采摘碧螺春，茶农们根据梅花决定——梅花落，枝头青梅小初结，青黑的一点，茶农们才开始采茶。

我写《碧螺春片段之三》，拉拉杂杂的，没写到多少碧螺春。这正是我的用心。我想（渐渐地）写出碧螺春的生存环境和生长碧螺春的这一块土地上的人间生活。茶是灵物，生存环境不用说了，就是它周围人群的生活和个性，茶也是会吸纳到它的滋味与气息之中。

之 四

西山，二〇〇六年三月七日下午两点十分，今春的第一锅碧螺春出炉，在某茶庄的茶叶基地，据说每五百克售价二千六百元。碧螺春讲究采功、炒功和火功，凡是有点名气的茶都讲究采功，陈继儒说"采茶欲精"，就是这个道理。中国有六大茶类，由于茶的制作工艺不同，有的茶就没有炒功和火功这一说，比如白茶，它的顺序是鲜叶（也就是摘青）、萎凋（也就是轻发酵）和干燥。而炒功和火功又有不同，同样是绿茶的六安瓜片，在炒青之后还要拉老火，又是它特有的火功了。而碧螺春的炒功和火功是融为一体的，炒功即火功,火功即炒功,都在炒青的那一刻达到高潮。炒这今春第一锅碧螺春的某师傅说,炒制碧螺春,要高温杀青、热揉成形、搓团显毫和文火干燥四个步骤。搓团显毫是碧螺春的特有工艺。名茶每每个性鲜明,这种个性一部分体现在茶树品种的各异上,一部分体现在制作工艺的各异上。他炒了四十分钟。

三月四日,我与郁敏一家、德武和他的女儿去西山,路过阿五家,进门喝了杯茶。问起阿五碧螺春什么时候开采,阿五说早了,碧螺春茶树照这样的天气,看来要到二十号了,早采的是外地茶树种。

有一种名"乌牛早"的茶树种,三年前被茶农引进东、西山,当时为了追求商机抢先上市,现在或许已经发现对未来碧螺春事业大为不妙吧。乌牛早芽叶肥大、淡而无味,不论口感还是外形,都与碧螺春相差巨大:碧螺春是《红楼梦》里的妙玉,乌牛早是《水浒传》中的孙二娘。尽管有关部门明令在东、西山碧螺春原产地严禁种植乌牛早这一类外地茶树种,但还是有人见利忘义。

不是在东、西山种下的茶树就都能做成碧螺春的。正宗、传统的碧螺春茶树属于洞庭群体小叶种。这个洞庭不是湖南洞庭湖那个洞庭,它指的是苏州洞庭东、西山这个洞庭。湖南洞庭湖无疑比苏州洞庭东、西山这个洞庭有名,以此作商标有些尴尬。但用太湖作商标呢,又让人以为是无锡的茶了。虽说苏州占据太湖三分之二水面,洞庭东、西山在太湖,一个是半岛,一个是岛。

之 五

灶头画上有藕有鱼,他们在炒碧螺春。

一种名茶形成,首先与茶树种有关,而茶树种又带来特有的制茶工艺。碧螺春外形特征:蜜蜂腿、铜丝条。碧螺春的"螺",一般说是"卷曲如螺";而较为别致与贴切的说法,这个"螺"是螺蛳肉的"螺",不是螺蛳壳的"螺"——我觉得更为传神。

孵茶馆

绿茶以新为好，茶馆以老为妙，十余年前，我坐在花山脚下的老茶馆里喝茶，八仙桌东倒西歪，白瓷茶壶被风尘与茶渍熏陶得像一把紫砂壶，壶盖独缺一角，热汽大摇大摆泼面而来，是"泼"，不是"扑"，而壶嘴上的茶渍更是树荫蔽天。苏州上了年纪的农民有早晨聚在一起喝茶聊天的习惯，俗称"孵茶馆"，他们脚边放着农具，有人还把锄头搁上桌子，我看到那把锄头柄上写着三个字："徐土根"，用毛笔写的，比启功先生秀气。这是他的手迹？我没有问，因为自有一份天机不可泄漏。我看看他，他望也不望我，自顾自把茶壶里的茶水倒入茶盅。碰巧的话，我能看到不远处田埂上走着一个披挂蓑衣的当地人，细雨蒙蒙，水稻已有公鸡尾巴那么高了。我两次见到披挂蓑衣的当地人，过去这只在水墨画和电影中看过。细雨蒙蒙，八仙桌的四条腿也有点摇绿。

在虎丘喝茶

午后与小沈去虎丘,进得山门,市声顿远,走了一段上坡路,就到"冷香阁"。

于"冷香阁",窗外樟树绿荫香浓,在我身旁展一张大屏风,喝一会儿茶,下楼逛逛。

于"剑池",池中锦鲤织花,约略记得古人笔记曰"剑池金鱼",这四字组合得平中见奇。

于"五十三参"(也就是五十三级台阶),回望"白莲池",参欲开不开的白莲花。三百年前,那人摘一枝上船,船娘正在烹调饭菜,恰新月升起。

我对小沈说,古人玩虎丘尤重月夜。小沈给虎丘拍过电视片,他说晚上来虎丘像碰到鬼,灯光一打,水都有毒似的。我的神情有些迟疑,小沈见此,又补充道:

"水碧碧绿,又喧喧红。"

于"千人石",千人石如倾斜的船身——阴冷了故乡春色,消逝了舞衣歌扇,迷离了凭吊兴亡,去他的,我偏偏不断魂。

于"万家灯火处",看城中北寺塔,简直就是碰了一鼻子灰的鼻子。

转一圈返回"冷香阁"。"冷香阁"后面,去年十一二月份拆饭店(以前那里有个大煞风景的饭店),不料拆出"石观音殿"遗址(以前虎丘史家都不知道它的确切位置),基础完整,挖掘过程中挖到一只石观音手,半只石香炉。继续喝茶,约的人进来,开始谈公事。而阁下,梅花轻描淡写地开了,相比红梅白梅,绿萼梅其声重厚。

在紫金庵喝茶

碧螺春，产在苏州，苏州话读来柔波荡漾。这是很例外的。苏州话局促，说来会像羊肠小道渐行渐狭，支离破碎，不成片段。苏州话的美妙之处或许就在不成片段。

"适合搞阴谋的方言，秋雨绵绵，能把刀子藏进鱼肚。"

二三十年前流行过一句书面语，刚才泡碧螺春，茶汤扬起一层白雾，我忽然想起"东方露出鱼肚白"，并立马融入东山紫金庵的寂静之中。

阴差阳错，"东方露出鱼肚白"时候，我已在紫金庵门口。紫金庵早不见和尚（太湖边的庵堂，常住和尚，尼姑几乎绝迹，因为昔日太湖强盗极为猖狂，尼姑无奈之下弃庵而走，于是和尚就住进去了），那几年我去庵里玩，它大概由生产队托管——苏州最有生意头脑的人，改革开放以来大都产自湖边，也就是乡下，然后往城里扩散。苏州话原先分为两大类：城里话和乡下话。但近年说城里话，要话中有话，即若有若无地带些乡下口音，像前几年普通话要若有若无地带些广东口音。财富决定一切，但财富也累人，起码在苏州如此，苏州文化财富太多，以至成为地方政府的包袱，拓宽干将路，一路小桥流水名人故居，留谁去谁颇有争议，决策者只得眼睛一闭，拿支毛笔，饱蘸浓墨，规划图上画条黑杠，凡被画上的，统统拆掉，算它倒霉，不必多说——还是说说那几年我去庵里玩，生产队在罗汉眼皮底下开家茶馆，每年碧螺春上市，生意尤其兴隆。那时经济还正计划，即使手头有钱，市面上也很难买到碧螺春，于是好这一口鲜者，都来这里喝新茶（它是碧螺春传统产地之一）。

许多年后，紫金庵茶馆的泡茶方式，意外地留在很多人的记忆里：

"紫金庵茶馆，用饭碗泡茶。"

我交了钱，茶馆负责人递给我一小纸包碧螺春，好心地朝我喊道，怕我听不见："自己拿只饭碗头过夫！"饭碗在苏州话里叫"饭碗头"。饭碗一摞，摞在柜台上，听到他这么一喊，一摞饭碗也嗡嗡作响，岂止嗡嗡作响，一摞饭碗在柜台上吧嗒吧嗒跳着。我先把这一摞饭碗按紧了，然后拿起一只，它还在我手指间吴牛喘月，绕梁三日。

这样大的饭碗，看得出东山人饭量之大；这样大的饭碗，其他地方的人称之为菜碗。饭碗是白粗瓷的，嗯，挺干净。碧螺春嫩，而饭碗碗口大，散热就快，容易守住它的滋味姿色。凡事能往好处想，也是修养，但凡事皆有利弊，碗口大散热快，同时散香也快，喝茶是香味兼修。有关紫金庵茶馆泡茶用饭碗，在我看来，其中有不客气的美感，我尽管与他们素不认识，但在两壁罗汉的似曾相识中，也就对东山大有熟不拘礼的心思，这在其他地方喝碧螺春或者在自己家里喝碧螺春，是都没有这种感受的。一个人独坐方桌，手捧饭碗，桌上还有一只竹壳热水瓶，竹壳热水瓶平添都是村里人的秘密的喜悦。至于紫金庵茶馆用饭碗泡茶，近来我才知道实在是不得已之举。

那时候农村还没有包产到户，生产队穷得很，队长决定以集体名义开办茶馆，富村富民，村里流动资金只有七八元钱。他们带了七八元钱去苏州，跑了十几家商店——货比货，看谁便宜，终于大浪淘沙，淘到处理货，一元零六分的竹壳热水瓶，他们买了四只，花去四元两毛四分钱。玻璃杯不便宜，瓷盖杯更贵，会计灵机一动，说我们在家喝水，不都用饭碗喝的么！买四十只饭碗转去开茶馆，城里人来一吃，觉得有特色。真被会计说中了，他做梦也不会想到他们当初因为没钱买不起玻璃杯和瓷盖杯，用饭碗将就，竟然在后来引发泡碧螺春到底是用饭碗来泡还是用茶杯来泡的争论，以至分出两大流派——"饭碗派"和"茶杯派"，而"茶杯派"里又分出"玻璃杯派"和"瓷盖杯派"这两个支派，近来又有"茶壶派"，三足鼎立，追鱼太湖——太湖里没鹿，只有鱼或者螃蟹，所以逐鹿的事只能继续让给中原。

根据传生回忆,他当时年轻力壮又心细,队长和会计让他随队出访苏州,帮忙提东西。他说,饭碗也被我们找到最最便宜的,两分五厘,你想想,一只饭碗头三分钱都不到,这么大(传生用手比划一下,宛如往水池里丢下一块石头),到哪里买,嗨,我们买到了。

现在紫金庵已经被文物部门接管,紫金庵茶馆也早不用饭碗泡碧螺春了。他们属于"瓷盖杯派"这一个支派。不管"饭碗派"也好,"茶杯派"也好,"茶壶派"也好,首先里面泡的应该是碧螺春。紫金庵茶馆在"饭碗派"时候,比较诚信。

在假山石后边吃茶

俗话说柴米油盐酱醋茶，茶尽管排在最后，但在苏州，却是一件大事，完全可以排在酱醋之前。苏州人吃酱时候少，一般都在夏天。我记得一到夏天，祖母会拿一只海碗，描着金边，碗的四周画着粉彩的缠枝牡丹，去酱油店里买点酱回来，这种酱稀里糊涂闪烁着湿润的红光，叫甜面酱。切些肉丁，切些香干丁，在油锅里炒熟，这是夏天的美食。现在想来，工序大约是这样，先把肉丁在油锅里煸熟，加入香干丁，略微翻炒几下后，再把一海碗甜面酱倒进去——炒得沸沸的，在湿润的红光四周冒起白色的小气泡。我那时不爱吃肉，吃到肉就吐掉。我挑香干丁吃。肉丁和香干丁，都切得小拇指指甲般大小，被酱渍透，是很难分辨的。后来长到八九岁，有点经验：炒在甜面酱里的肉丁，它的色泽比香干丁深些，而香干丁的色泽是内敛的，像我们的传统诗歌。香干丁是一首绝句，或者一阙小令。不到夏天，过了夏天，酱都吃得很少。酱在苏州人看来，是消暑未事。末事是句吴方言，就是东西的意思。苏州人也不太吃醋，糟倒吃得很多。我原先以为只有苏州人吃糟，就像山西人爱吃醋一样。想不到鲁菜里也有糟，福建菜里也有糟，还有人说糟用得最好的，是福建厨师。苏州人吃醋，也多在夏天。好像夏天是一个兼容并蓄的季节。好像苏州人吃酱吃醋是一件需要蓄谋已久的事情。在夏天，常吃糖醋黄瓜，或者糖醋黄鱼，或者蘸着醋吃黄泥螺。苏州人吃醋，出不了一个黄字。也该扫扫黄了。醋什么时候吃，与什么末事同吃，都是适宜的。吃得不适宜，大不了一个酸溜溜的家伙！在苏州，只有茶什么时候吃，与什么末事同吃，像醋一样，也都是适宜的。我就见到一个人边吃稀饭边吃茶，他把茶当作下饭的肴菜，不是穷，是仿古——颇有些宋代人气息。一大清早吃茶，在苏州人那里，已成神圣仪式。一个人在家里吃，冬天守着火炉，夏天守着树荫；几个人在外面吃，春天望着鲜花，秋天望着巧云。几个人在外面吃，也可以在巷口，也可以在茶室。二十世纪六十年代以来，茶馆少见了，只在公园里有，叫茶室。茶馆改名为茶室后，总觉得少点味道，像把潇湘馆改成潇湘室似的，有点局促不安，有点捉襟见肘。在苏州，每个公园里都有一个茶室，有的甚至还多。大众一点的，是大公园、北寺塔里的茶室，大公园茶室兼营早点，一碗爆鳝面味不让朱鸿兴。朱鸿兴是苏州百年老店，按下不表。高档一点的，是拙政园、沧浪亭里的茶室。其实大众一点也罢，高档一点也罢，言说的是周围环境，茶钱以前是一样的，近几年略作调整，开始买卖环境了。2000年夏天，我回苏州，一位朋友约我怡园吃茶，这么好的环境，一杯龙井也只要五块钱。当然这龙井并不正宗，但还是比花茶滋味兮兮长矣。我在北京地坛吃茶，一杯盖碗花茶也要二十五块，还没坐多久，女茶博士们就催下班了。去公园吃茶是苏州便宜，下馆子喝酒是北京便宜。苏州人把吃茶当家常便饭；北京人把喝酒当家常便饭，如果价格偏高，哪能常便呢？我与朋友把两支藤椅从茶室搬出，搬在长廊，面对面坐着，吃茶，此刻正是中午，阳光浇银，怡园里没一个游人，我与他打起赤膊，一声不吭，听水边两三棵柳树上蝉鸣阵阵——像隔壁大姐烧饭烧焦了，用饭勺刮着锅底。怡园的假山石，积重难返，堆叠太多，一直为人诟病。有人觉得怡园有暴发户气，但我却不这么看，我觉得怡园像位博学者。怡园是苏州辛亥革命之前所建的最后一座私人园林，因为它年代在沧浪亭、狮子林、网师园、留园、拙政园等等之后，造园家就想做个集大成者，这里集来一点，那里集来一点，大成没做到，博学的样子肯定有了，像给老杜"夜雨剪春韭，新炊间黄粱"作笺作注，笺注一大堆，而略过它，就能听到夜雨的响，看到春韭的绿，闻到新炊的香，想到黄粱的空，前梦吃茶，后梦吃酒，梦醒后吃醋。我的这位朋友是位画家，可以说是二十世纪七十年代以来中国最早从事现代艺术的那一拨，由于地处苏州——受到四面皆山山堵山围的局限，他的名声不大。但我觉得他没有行尸走肉,这么多年来一直画着,画到快下岗。他的妻子已经下岗,他的儿子把米把糖悄悄藏起,说以后怎么办呢?那天,他没说这些,只说着王羲之、米芾,像说着家务事。在他身后,假山石体上皴出的阳光,使怡园成为一个白热化园林。

怡园的假山石在夏天中午白得密不通风,这是我以后想到的。

阿婆茶

中国也有一个地方，像英国人那样吃下午茶，它就是周庄。

北边平遥，南面周庄，旅游资源开发得滴水不漏，旅游事业也搞得热火朝天。在平遥，从事旅游服务的多为男性；而周庄，却都是一些阿婆忙前忙后：给你讲古的是阿婆，给你摇游船的是阿婆，给你烧万三蹄膀的是阿婆，给你腌咸菜苋的是阿婆，给你编旅游草帽的是阿婆，和你吵架的也是阿婆……周庄像是阿婆天下，周庄男人倒个个游手好闲的样子。

所以也有人说周庄是母系的周庄，一家之主常常是女的。尤其年龄到了阿婆这个阶段，到了能在下午吃茶，也就有了了不得的权力。

前几年，周庄长官为使自己的政绩看得见摸得着，决定修一条高速公路从周庄镇上穿过，外地的、当地的几位文化人呼吁，说这会毁掉周庄，但毫无用处。不知怎么地这事引起阿婆们反对，她们提着铜壶、抱着烧茶炉子、捧着茶杯去找长官下午吃茶，连吃几个月，长官开始打消修高速公路的念头。这条高速公路当时修了，那么，周庄接下来也就入不了联合国世界文化遗产大名单，也就不能使周庄长官和周庄人民同富。主张修高速公路的长官后来很是感激那些在机关大门口吃茶的阿婆，就决定雇佣几十位阿婆作为临时工，分派到周庄各风景点吃茶，以增加和渲染地方文化。一个下午十元，后来工资加到一个下午二十元，来应聘的阿婆还是寥寥无几。因为阿婆早已自谋出路，当导游——讲古的讲古；当船长——摇游船的摇游船；当厨娘——烧万三蹄膀的烧万三蹄膀；当大酱缸——腌咸菜苋的腌咸菜苋；当编结车间主任——编旅游草帽的编旅游草帽；实在无事可做，就与游客吵吵架……以致周庄阿婆差不多已没有时间和工夫在下午吃茶了。

这是甚为可惜的事。

周庄有个风俗，镇上阿婆一到下午，便开始在一起吃茶。吃茶在江南司空见惯，为什么说周庄阿婆吃茶才称"阿婆茶"？它真有许多与众不同的地方，首先是男人不能参加，男人如果参加，在民国大概要以"有碍风化"罪处置；在"文革"，完全可以判个"强奸罪"。就是女人，没上些岁数，也不能参加，或者说不会去参加，约定俗成，这也就是"阿婆茶"的由来。而"阿婆茶"的组织法，是今天这家，明日那户，挨个做东，不会轮空。没有在同一个阿婆家连续吃上两天的，即使地处偏僻，这地方只有两个阿婆，也要一天一天轮流做东，毫不含糊。阿婆聚在一起吃茶，说长道短，说东道西，口头流传的东西，经过她们复述，就成为地方上的传统，地方上的传统沿革有序，就成为地方个性，于是迥异于苏州另外的水乡小镇，比如会怀旧；会做生意；民间文学发达，阿婆们都会讲上几个段子；女子理财；喜欢招女婿——也就是"倒插门"。

周庄本来没什么人文，有名的只这三个，明朝沈万三和民国叶楚伧，还有一个实质是两个半个——半个陈逸飞（他画"钥匙桥"），半个三毛。三毛到周庄，看见油菜花很感动，周庄人看见三毛看见油菜花很感动，也很感动，就建了座"三毛茶馆"，估计是周庄菜农集资而成，主意说不定就是阿婆出的。尽管周庄比不上苏州常熟、吴江诸地，但它看上去人文氛围哇真的很浓，这都是"阿婆茶"茶炉子熏出的——没有"阿婆茶"的周庄，同时也是没有灵气的周庄——俗气和傻气终究不能可持续发展。

吃茶阿婆是挺讲究的，讲究是灵气的温床。过去阿婆沏茶的水要用活水：河水、天落水——也就是雨水。后来退而求次，用井水。现在只得用自来水了。把自来水放上一夜，再烧茶吃，这也是讲究。放上一夜的自来水，能跑掉漂白粉味道；一个阿婆说，可以灌到瓶里当矿泉水卖。

"阿婆茶"茶叶一般都用绿茶，绿茶放进铜壶，铜壶架到炉子上去烧。有的铜壶是祖上传下来的，比《沙家浜》里阿庆嫂铜壶还大——阿庆嫂铜壶已"铜壶煮三江"了，而阿婆铜壶大概可以烧干五洋。边吃茶，边烧茶——茶在炉子上白汽蒸腾，茶越来越浓、越来越涩，阿婆这才觉得过瘾，周庄阿婆是不怕吃苦的。吃"阿婆茶"时候，佐茶的常常是萝卜干，所以"阿婆茶"又有人叫"萝卜干茶"。你不要小看萝卜干，它其实是一个泛指，包括腌咸菜苋、熏青豆、糖果、瓜子、自制的糕点。考究的阿婆会摆出八只碟子，大家围桌而坐，侃侃而谈，有时候谈得一脸严肃，远远看上去是一群人大代表或政协委员。这个时候，往往是她们决定把女儿嫁出去还是把女婿招回来。周庄阿婆影响到周庄人，认为世界上只有两个地方可以和周庄媲美，外国是美国，中国是上海，除了这两个地方，阿婆一般是不愿把女儿嫁出去的——这也是周庄近来人满为患的一大原因。

烧茶炉子很可以一说，阿婆们把它叫风炉，用稻草澄泥搪成，烧豆萁，烧瓜藤，烧干柴。好像只有搪烧茶炉子，才是周庄男人的日常事务性工作。印地安男人的成年标志是从老鹰身上拔下根鹰毛，周庄男人的成年标志是蹲在地上搪烧茶炉子，仿佛捣糨糊一样。以前，媒婆来说媒，女方会向媒婆打听：

"男小官会搪不会搪烧茶炉子？"

水　墨

谈水说墨，先要道笔，当然还有纸。水墨通过笔，传达纸上。

俗话"湖笔甲天下"，湖州成为中国制笔业中心约是明清之际，那个时候，会有这样的图景：阳光照在桑园里，一块绿玉凿碎，浓浓淡淡撒了一地。桑叶的影子，风吹过，影子丁当。几头山羊，喔，那边还有，该是十几头山羊，桑树下抬长了头，吃着桑叶。蚕食如沙漏，而羊吃桑叶的声音，像把书页掀来掀去。有头母羊饕餮，它的咀嚼声散裂着一如撕扇。

有位小姑娘横渡出来，她是笔庄千金吧：还抱着头羊羔，"吃，吃。"她把羊羔举到桑树下。转眼，桑树上满挂桑葚，那些山羊的胡须，一下，都紫紫的了。

很久以前，这样的图景在湖州或许看到。因为我没有见诸书籍，只是听人说：山羊喂桑叶，它的羊毛就与吃草的山羊不同，做出的羊毫笔光洁如玉，富有弹性。看来过去是先要有座桑园，再养上山羊，才能开张笔庄。

桑树皮也是很好的造纸原料。

想来不错。制笔者在选毛之前，把产毛看作第一道工序。制笔之法，以尖齐圆健为四德，这四德的基础，应该就是毛，所谓制笔工艺，也就是"毛文化"吧。我现在买毛笔，从不"毛里求斯"，大多数毛笔已"一毛不拔"了，出类拔萃的"拔"。只要笔管不弯即行。买笔时弹指一下，让笔在柜台上滚动，看它反应，能够激流勇退的，笔管定是笔直；而翻个身就赖着不走的，弯管无疑。

文章是竖写的格式，才华是横溢的姿态。不论书法，就是毛笔字我也写不好（尽管书法写到最后，就是简简单单的毛笔字），但能凑近灯火看看锋颖，摩挲摩挲竹制笔管，也是福气。优秀书画家笔到之处，有切切之声，这不仅仅是功力，还有风吹竹叶的感觉，这感觉只能是竹管带来的。毛笔还是竹管的好。记得儿时，使用过一种竹管圆珠笔，这有点"中学为体，西学为用"的意思。

假说笔如篱笆桩，那么纸就是含住篱笆桩的园地。而水墨，则为篱间开落的花了。上乘的纸就是一方园地，我说的是宣纸，一方积雪的园地，笔落下去，仿佛扫开积雪，能被广袤的地气吸引住，一直携到深不可测的所在。所谓力透纸背，更是踏雪寻春，笔端那黑色的小毛驴达达走过茫茫大地，硬是在那虚空处折回一枝梅花！梅花落在宋朝，范成大手制"梅花笺"。"'薛涛笺'深红一色，'彤霞笺'亦深红一色。盖以胭脂染，色最为靡丽。范公成大亦爱之。然更梅潦，则色败萎黄，尤难致远。……一时把玩，固不为久计也。"虽不为久计，风雅却是长存。这是他在成都为四川制置使时的事。而这种风雅的可贵之处，他不用公款消费。日常范成大厉行节约，当时蜀地衙门，都用长途贩来的徽纸，"蜀人爱其轻细"，而范成大只用蜀纸，蜀纸价廉，这样一来，下级单位也就不敢"爱其轻细"，省下许多办公经费。这在元代费著《笺纸谱》中有过记载。

　　古代画论有"墨分五色"的说法，其实这就是水的功德。像风穿行于藤蔓之间，使藤蔓"疏可走马、密不通风"地错落变化，水使墨枯湿浓淡起来。即使墨枯到极点，也是"枯木逢春"的枯：因为水做了枯墨悄然的底蕴。

　　于天地之间，笔、纸、水进行着神秘的交流，墨录下它们对话，这一切，再加上砚的话，我以为是中国从古至今最有才情的文艺社团了。驾扁舟一叶，上能追溯宇宙洪荒，垂钓丝一线，下可探寻鳞潜羽翔。笔纸为扁舟，水墨作钓丝。那驾舟人呢？那垂钓人呢？陈子昂曰："前不见古人，后不见来者。"

　　只有水在高处，墨留住水淡然的梦痕。而水与墨做伴之际，大致是一幅宁静的场面：

　　冬天冻白了一大群椅子。一个少女，绕过一把椅子，又绕过一把椅子。最后，她像一根布条似的绕在椅子上。一根蓝布条，她在布条上打结：在胸部打个结（茸茸的湿墨），在臀部打个结（茸茸的湿墨），结，在现代或后现代的热潮中微微颤动，一个新娘出现了，她倒退着穿行于椅子中间。她在椅子中间倒退着穿行，只看见椅子椅子椅子椅子椅子椅子椅子，见不到那位少女——

这是比方。

水像少女，当她通过墨表达出来，当她被表达了，我们看到的也就是叫"墨"的这位新娘。

我就接着说墨。其实前面已经计白当黑。想白的时候觉得雪也不白，求黑的时候以为墨还欠黑。而我喜欢的墨，并不希望很黑，在纸上留下的痕迹，最好能有一丝青气，青气隐隐泛出，清风顿生腋下，不需连饮七杯茶。茶要新，墨要旧，这是一句闲话。

据说"刑夷始制墨"，人的发明是为了自身的需要，也就是说，是需要发明了墨。发明者，无非是这种需要的代名词而已吧。但墨的发明，其中似乎还有一种宇宙观的眼波流动。

白为阳，黑为阴，黑白因为阴阳，也就分明。墨书于纸，符合《道德经》中的"道德"，"负阴而抱阳"，对于纸来讲，是负墨之阴；对于墨而言，是抱纸之阳。阴阳调和，血脉通畅，天地悠悠，道德文章，韩愈"文以载道"，沈德潜"温柔敦厚"，这两人虽以儒家行世，却不料纸墨却使他们悄悄入了老子法门，看来儒与道，只是一句话的两种说法。

阴阳都在这里，五行更是座无虚席，而墨本身就是这么一个世界。

松林里，苏东坡和他的儿子苏过砍着松枝（木）。斧头（金）一下接着一下，像匹马站在寒冷的驿站前，吐着白气，时而交换着马蹄。苏东坡后颈的肉褶子里，汗已莽莽泻出，他停下斧头，苏过看看父亲，使劲地挥了几挥，也把斧头搁到脚边，"不如归去"，布谷叫了。苏东坡说："总不能把一座松林都砍回家去，也要给以后的车前子们有墨可造。"他驮上一捆少一些的松枝，东坡已老。苏过驮上一捆多一些的松枝。一大一小两捆松枝在路上移动。他们可以烧烟（火）制墨了。烟积一层，如灰如尘（土）。聚烟和胶（水），一锭一锭墨就这样成了（当然是一种省事的记叙，为了戏说墨本身就是个五行小世界。读《墨法集要》知道，制墨的工序繁琐得像解方程式）。就在这时，余烬雄起，烧去半壁房子。苏过很是沮丧，东坡于一旁说道："不要紧，不要紧，墨成便好。"这则笔记，我更愿看为一个隐喻，中国文化人他们玩味细枝末节，而对整个现实却常常轻描淡写一笔带过。

水与墨的关系的确有趣，水在暗处。水像格律，在这格律内所填的词句一如墨迹，这墨迹无处不映出水之格律的粼粼波动。有时候我想，笔、纸、水、墨，既是物质，更为精神，它们融洽，就转换出另一种精神：东方，被纸笔想象过的水墨家园。

大运河边，我用手比试着某种高度，仿佛咄咄书空。

回忆书

书法的书。

我在六七岁上学写毛笔字，没什么法帖，照着"文革"期间流行的新魏碑和毛体乱写。当时写新魏碑都是剪掉锋头，我不舍得把一支好好的毛笔给剪了，也就写不像。毛体只学会他的签名。所幸这段时间不长，我又不用心。小学四五年级，我父亲大概知道我懂点事，不会损害图书，才把他收藏的碑帖给我临摹。我一下看中的是颜真卿《麻姑山仙坛记》。这本帖我临多年，断断续续直到初中毕业。《勤礼碑》我也临过一阵，觉得不及《麻姑山仙坛记》气足。《麻姑山仙坛记》气足，大方，但又不完整，这是最好的。欧阳询、柳公权的字太完整，也就局促，我在本能上敬而远之，当时年纪小，也不懂什么局促和刻露，只是不喜欢而已。期间还临过褚遂良和虞世南。褚遂良的一横，像流动的清水，让我觉得极美。褚遂良的字形，晃动着薄如蝉翼的晨光。由褚遂良到郑板桥——我总觉得郑板桥的字是从储遂良变化而来的,我也临过几天。见到金农漆书,我对郑板桥突然甚至有所厌恶。把郑板桥的书法放在扬州画派里,它也是劣迹斑斑的。二十岁之前,还临过石鼓文和《散氏盘》,仅仅是好奇,或者说调剂。

二十岁到三十岁前后,我对《瘗鹤铭》《泰山经石峪金刚经》和汉简心醉神迷,那时我在学校工作,一有时间就在废报纸上临写,同事们见到,常常笑话,倒不是笑话我,他们笑话《瘗鹤铭》《泰山经石峪金刚经》和汉简,认为是小学生写的字;后来见到我看毕加索画册,他们也露出这种不屑神态。这期间,我不时插临徐渭《青天歌》(可能是件赝品)、傅山诗轴、杨维桢诗卷。黄道周《孝经》我临过一星期,越临越不喜欢。陈白沙书法至今喜欢,他用茅龙笔,我用秃笔临过。白玉蟾的字我也很喜欢,但感到其中有夭折之气(他的寿命不可考,一说过百,我这感觉颇为奇怪),也就不敢临。王宠的字有病气,我对其爱好也是谨慎的。

其实在二十岁前,我还临过苏东坡。那时有一本《苏东坡墨迹》,收有《寒食》诸帖,是我硬缠着外祖父买的。一星期后,外祖父故世。我站在苏州火葬场的大红砖烟囱底下,看着一缕白烟在烟囱口直立了一会儿,最后无所留恋地袅入晴空。那年,1976年,不是毛泽东也在这一年逝世,我想我很可能记不住我外祖父忌日。

临书但有惆怅

雨寒……

忧深……

汝佳不？

王羲之文章收在《全晋文》第二十二卷至二十六卷。读他《用笔赋》，"时行时止，或卧或蹶"，也是行文诀。《与人书》中有"点画之间，皆有意，自有言所不尽"，是书法的"含不尽之意，见于言外"。被忽略了。又王羲之几次说到张芝"临池学书，池水尽墨"，他是强调苦学的。

他的杂帖最好，有情。情在日常中。

计与足下别，廿六年于今，虽时书问，不解阔怀。省足下先后二书，但增叹慨。顷积雪凝寒，五十年中所无，想顷如常，冀来夏秋间，或复得足下问耳……临书但有惆怅。

……此种彼胡桃皆生也。吾笃喜种果，今在田里，惟以此为事，故远及足下，致此子者大惠也。

彼所须此药草，可示当致。

今年年初的一场大雪，我颇怀念南方朋友，却写不出。"临书但有惆怅"，这一句客套话也有情致。

胡桃种活了，设想山坡之上，绿油油树苗仿佛药草，王羲之要能吃到胡桃还要多年。胡桃树有明媚色彩，在乔木里属于活泼少年，不像柿树枣树龙爪槐那样老气横秋。

我喜欢胡桃这名，看到"此种彼胡桃皆生也"这一句，心里特别快乐，大概是我童年有几年常常从一片胡桃林里穿过。我究竟什么时候喜欢胡桃这名的呢？一切都是绿色，一切都是存在。我没见过胡桃落叶，因为一到深秋我就不用穿过那片胡桃林了。但还是有失去。胡桃于枝头表皮碧绿，农民们打下，浸在水池里沤，不多久呈现褐色——最后装进麻袋摔甩，让肮脏的表皮脱离。胡桃会肮脏得如此之快，而胡桃这名永远干净：碧绿于枝头，天很蓝，阳光。日常生活可以毁坏胡桃之实，却毁坏不了胡桃这名。所有的物皆能飞速发展为庸俗，而词静观己名。物在往外挣扎，词越陷越深——隐居埋名的本地。

奉橘三百枚，霜未降，未可多得。

奉黄柑二百，不能佳，想故得至耳，船信不可得知，前者至不？

按照《橘录》说法，"柑乃其（橘）别种"，王羲之种橘奉橘，种柑奉柑，与书法一样，皆为本色。做什么，他没有别种。

我在北方生活多年，念雨。早晨醒来，听到窗外淅淅之声，会舒坦地伏枕谛听。或半夜惊雨，眼前似乎得一崭新天地。有几次风过白杨，听成秋雨。或许有人以为我怀乡了。

在江左，十天七天雨，避之不及，何念之有？一下雨，粉墙亦如疲倦的绝望，黛瓦就像在皱皱巴巴银幕上跳动着一部模糊不清飞沙走石的老电影。黑白电影。露天电影。一部老电影被厂区反反复复放映，我们小孩看过七八遍以后为了看出点新花样，就在银幕后面看。在我们身后，是红砖围墙，出红砖围墙，是农民土地：一条沟，玉米田，集体墓地，很远很远，是胡桃林。晚上是看不清胡桃林的。……不在江左，更觉得王羲之这一段段文字清晰，不，不是清晰，是亲切。

　　雨寒，卿各佳不，诸患无赖，力书不一一。羲之问。

　　行近遣书，想即至此。雨，汝佳不？得悬心。吾乏劣，力数字。

　　五月十四日羲之近反至也。得七日书，知足下故尔，耿耿，善将息。吾肿得此霖雨转剧，忧深，力不一一。羲之。

　　不，不是亲切，是真切。

　　此雨过，将为受，想彼不必同，苗稼好也。

　　我只有几年从胡桃林穿过的日子，毫无乡村经验，所以不会说出"苗稼好也"。惭愧惭愧，四十五年米饭，我哪天用想象的乡村经验再去读读王羲之墨迹，不知能不能收到冬瓜茄子？
　　王羲之这么多杂帖，居然没有真迹留下，"罔恋之至"，"但有慨叹"。

　　怀友，"冷过，足下夜得眠不？""得书，知足下患疖，念卿无赖，思见足下，冀脱果，力不一一。"生病，"发疟，比日疾患，欲无赖，未面邑邑。反不具，王羲之。"送礼，"君学书有意，今相与草书一卷。"应酬，"仆可耳，力数字。王羲之顿首。"醉酒。"甲夜羲之顿首：向遂大醉，乃不忆与足下别时……"家事，"吾有七儿一女，皆同生，婚娶以毕，惟一小者尚未婚耳，过此一婚，便得至彼。今内、外孙有十六人，足慰目前。"行乐，"仆近修小园子，殊佳，致果杂药，深可致怀也。"服药，"服足下五色石膏散，身轻，行动如飞也。"战争，"十四日，诸问如昨，云西有伐蜀意，复是大事，速送袍来。""卿事时了甚快，群凶日夕云云，此使邺下一日为战场，极令人惆怅，岂复有庆年之乐耶？思卿一面，无缘，可叹可叹。"

  砸开了，新鲜胡桃肉好似茅屋积雪，路上的人跑得真快，王羲之一生就在怀友、生病、送礼、应酬、醉酒、家事、行乐、服药、战争……之中过去。

夕阳在山

　　陆机《平复帖》，倪云林山水，看看线条是薄的，味却厚到密不透风——但能透气。有过临摹体验，会更了解，唉，真是不知道该如何下手的尤物。

　　我看书画，首先看到线条。这大概就是中国人的看吧，差不多属于血液里的目光。前一阶段读高居翰《江岸送别》，心想到底是外国人，他有独特见解，有良好的理论训练与文化素养，但讨论中国传统绘画，终究隔一层。他分析明朝画家风格之间的差异，是从图式上着眼的，而我——或者说我们中国人吧，只要看看这些画家的笔墨——只要看看他们的线条，就能区别开来。图式从来不是中国绘画的核心部分，马远夏圭，看到他们某一幅并不边边角角的画，因为我们首先看到线条，也就能毫不困难地把他们从宋朝众多画家中拎出——就像有农耕经验的人，去了菜圃，一眼就看到豇豆、扁豆、茄子、韭菜、黄瓜、丝瓜和杂草。西方人毕竟讲究实证，图式是实证；中国人考究神会，线条是神会。线条或许可谓气息的肉身——但并不是物，它本来无一物。其中微妙，当然，也不是文字所能表达。就像《江岸送别》，我如果取书名，会取《江天话别》。有"江"肯定有"岸"，何需多言；弄出一片青天，岂不更好？而"送别"还是执著，"话别"就是不分彼此的一段情味了。这笔荡得太开，现在收回来：我看书画，首先看到的是线条，陆机《平复帖》，倪云林山水，他们的线条能够抓在手里放进嘴里，咂咂，有味。再咂咂，再有味。

陆机和倪云林的线条是橄榄。我看陆机，老会想到倪云林。准备做个了断：陆机是檀香橄榄，倪云林是拷扁橄榄，如何？

现在，只说陆机。有一年，我把《平复帖》复制品悬挂墙头，窗外秋风起了，白杨萧萧，《平复帖》也萧萧。我觉得，《平复帖》不是用来看的，所以我们看不懂；它是让我们听的——我大约听懂了茶褐色的《平复帖》。不怕往矫情里说，说它是心深处的秋声赋。也没这么矫情！听了要看，要听听看；看了要听，要看看听，还可以嗅，还可以咂咂，中国艺术的高级就高级——在五官之间飘来荡去，在心神之间捉摸不定，在言传意会之间翻山越岭。我不知道苏东坡见过《平复帖》没有，传说他路过陆机故乡，题壁彩云："夕阳在山"。这是被苏东坡看见的秋声赋，明灭着洋红晚霞。茶褐色与洋红，是后来之色。陆机不知道茶褐色，苏东坡不知道洋红，但这两种颜色是早发送于天地之中的。

我做过一个梦，母鸡和春蚕闲聊，母鸡说："你也太惬意，就结一个茧，我要天天生蛋。"说完，这只母鸡像托尔斯泰小说里的俄罗斯女人，摇着大屁股走了。春蚕抬抬头，有点傲慢地吐出一缕丝。那天起床，我特别想临《平复帖》，突然看到《平复帖》上的字不是墨色，是冷银之色，而纸仿佛一张鲜绿的桑叶。《平复帖》是茶褐色的，是洋红的，也是鲜绿。《平复帖》上有飒飒蚕食的声音，不是秋声赋，是哀江南了。"你记得跨青溪半里桥，旧红板没一条。秋水长天人过少，冷清清的落照，剩一树柳弯腰。""冷清清的落照"，似乎永远定格。

"夕阳在山"，时光让我同陆机共惬意，淡掉杀头之疼，不闻华亭鹤唳之痛。这几天，我把玩《平复帖》茧，想要抽出丝来——病走如抽丝，其中有病，"恐难平复"。

杨风子四帖

一

　　杨风子即杨凝式。风子即疯子，我还是喜欢写成"风"字，并不像病，而是龙种。神龙见首不见尾，来去无踪的风，再说杨凝式又的确装疯卖傻，他是隐于风中的隐士，像司空图隐于庄园。他们两人差不多为同时人物，于热闹闹乱纷纷五子登科般的五代。杨风子祖上有隋朝名臣杨素，出了个更有名的家妓红拂。而他的父亲也是唐末宰相。一个大家族。大家族烟消灰灭之际，往往会从冷香阁中飞出华丽的蝴蝶，粉翅仿佛微雨里的溶溶内衣。杨风子有时连内衣也不穿，赤膊在寺院的粉墙上作字。以至被闲杂人员看到"腰大于身"。他的名声更大，一是世家，二为书家，于是和尚们粉刷好墙壁，专等杨风子风花雪月风驰电掣。

　　杨风子就爱众目睽睽下写字，这点上，很前卫，有点波洛克或马蒂厄。马蒂厄有次特意从法国赶到日本，当众表演绘画，他觉得日本人有书法素养，能理解他的艺术。而杨风子却只图痛快。书法到张旭、怀素和杨风子，表演性强了，把王羲之竹荫长窗下的黄绢搬到"创造社"一类地方。但不要以为杨风子只是涂鸦，像纽约地铁的涂鸦者。在纽约地铁的涂鸦者中间，不也出个呱呱叫的哈林，可惜四十不到艾滋而死。杨风子长寿，足足活到八十二岁。也可以把杨风子称为涂鸦艺术家，涂鸦没什么不好，再说他涂得又十分地好——如雪松（不是南京市树雪松，说的是积雪之松）上栖定的寒鸦。以至黄庭坚在洛阳遍观其"鸦"，感叹无一片羽翎不条理清楚，原话是"无一字不造微入妙"。

二

寺院墙壁都被他涂写完了。一时间，洛阳人忘记"洛阳纸贵"，纷纷觉得洛阳壁贵。瓦工们趁机大涨工钱。这里造半座墙，那里砌一堵壁，整个洛阳成为迷宫。王公大臣和平头百姓蜂拥杨风子后面，在这迷宫里穿梭。他起先是佯疯题壁，后来竟有题壁癖，只要碰壁，杨风子就不放过。有回题得兴起，一位素衣胖妇不巧以背示他，他也就一路题上，上书四个大字："食肉者鄙"。

洛阳城成书法乡，但只是杨风子一人的墨迹，并不觉得腻烦，因为他的书风有司空图《二十四诗品》，简直像二十四个人所写。这不是说他没有个性，只是说他个性如风，在松林就是松风，在竹园就是竹风，在世界就是世风，在中国就是中风。时间的砂皮。战争似乎是以毁掉建筑为纪念，再说还有君子从梁上下到壁上，所以杨风子的书法作品宋代就"以火来照所见稀"——芭蕉叶大枝子肥，至今能访唯四帖：

《韭花帖》

《夏热帖》

《神仙起居法》

《卢鸿草堂十志图跋》

三

杨风子字一路地写上去，官也一路地做上去。艺术如果会作为一种基因遗传，仕途也会是基因一种。他不求官，官职求他，一直求他到太子太保。在他内心，从艺的兴趣肯定大于做官，那么他有无传世之作的想法呢？如199×年的作家。身逢乱世，活已不易，活下来已是奢侈的事了，杨风子不贪，只图痛快: 他倒真是个后现代，过程重要。

在生活中注重过程，这必在艺术上有所流露，他的书法——如草书《神仙起居法》，尤其仿佛一个人在一件一件地脱衣服，身体解放的过程，脱到最后，连身体也不见。只是衣带飘飘，一味线条。也正因为杨风子注重过程，所以从他目前四帖，我们能看到不同的风味，如领略各地小吃。

听笔行于纸上的声音，倾听风，遇松化涛，遇竹化雨。杨风子他就把这涛这雨纵逸，欹侧，奇宕，风也萧萧，雨也萧萧，萧散有致，雨夹雪也。

四

关于四帖，我想说四个比喻，这样也简单点。

《韭花帖》：静如处子。也像处子——欲苞未苞的乳房和欲滴未滴的眼波，稍稍一摆，苞就开，波就起，但就是不摆。说具体点，一腿直挺一腿微屈斜倚门扉嗅着青梅的小家碧玉，不胜娇羞，亭亭玉立的不胜娇羞。

《夏热帖》：一个胖子踏着鼙鼓，跳胡旋舞，迅疾又从容。

《神仙起居法》：我在第三节中已有形容，结体偏瘦偏长。这里想说的是杨风子是用笔势牵着草法跑步的书家，窃以为草书正宗。当然，于右任标准草书也有道理：在一个印刷品泛滥的时代所需要的游戏规则。

《卢鸿草堂十志图跋》：颜鲁公托梦，更似关将军秉烛读《春秋》。

观此四帖，一如处子，一似胖子，一像脱衣的瘦高个，一仿佛夜读的将军。如遇四人，各讲一则故事，各携一篇小说。

一言以蔽之，杨凝式四帖，是四幅人物画。

我最爱《夏热帖》，作为对我体瘦的补充。尽管漫漶，但有了空白之美。释文如下：

凝式启夏热体履佳宜长□口酥蜜水即欲致法席若非□□□乳之供酥似不如也□□□□□病笔书□□顿首

以上释文抄自《书法》1985年第四期，这倒有点《废都》先河。

桃之夭夭

前天我往书柜里取书,滚出一小段艾条。就有怀旧之感,可惜了。

我不喜欢樟脑丸,让我过敏。七八年前,心生一计,也是心血来潮,把艾条撅成一小段一小段,替代樟脑丸。家里人寻衣换季,一开衣箱,房间里皆是期期艾艾。

去年冬天,我又开始灸疗,常得焦糊之气。原因是我去年买来的艾条,裹住艾绒的不是桑皮纸,不知道什么纸,看上去有点像桑皮纸,但一灸,往往燃烧不尽,纸屑挟星星之火,要闹革命似的。跑了几家药店,我都没买到苏州产清艾条(艾条有"清艾条""药艾条"之分)——它是守护古法,用桑皮纸作嫁妆的。所以"前天我往书柜里取书,滚出一小段艾条",一看苏州产,就有怀旧之感。

灸艾,也就是灼艾,欧阳修有《灼艾帖》。心想"灼艾"两字组合,有"灼灼其华"的会意:灼艾的时候啊,艾绒艳如桃花呀。但自从我没买到桑皮纸艾条,就再也不觉得"桃之夭夭"了。想起宋太祖"灼艾分痛",所灼不是艾条,应该是艾炷,艾条宋朝还没有发明。但我可以乱想,《灼艾帖》,用的就是桑皮纸艾条,这样才高级。记得我上次见到这帖,读过一通,没读通。帖中"此"字漫漶,当初误认为"以"字,原来如"此","此中医者常有,颇非俗工,深可与之论榷也。"看来"此"在《灼艾帖》,还是穴位。近日读《灼艾帖》,倒让我想起往事——我什么时候用艾条的呢?逢年过节,放炮仗,大人用香烟点炮仗,我们乳臭未干,大人不给香烟,让我们用香火。香火头太小,蹲在炮仗前要凑半天,才能点上。况且放炮仗时候,心里又有些紧张,手自然会抖——香火头又小,手又抖,所以年前我点炮仗,等它"呼砰啪",可能已是年后。后来不知道谁递给我一根艾条,艾条是四十年前中国人的阿斯匹林,家里常备之物。现在想起我第一次用艾条,用它来放炮仗,有点好玩。

  欧阳修书法,苏东坡说他"用尖笔干墨作方阔字,清眸丰颊,进退晔如"。"尖笔"与"方阔"联姻,大有意趣,"尖笔"是"灵","方阔"是"厚","灵""厚"矛盾,翻过我们的文学艺术史,既"灵"又"厚",书法里首推王羲之,绘画里首推八大山人,诗歌里首推杜甫,文章里首推庄子。还有一群(青铜器的陶器的漆器的玉器的瓷器的……)无名艺人。我四十七岁后只爱这四个人和一群无名艺人。而《灼艾帖》"尖笔干墨"并不明显,"方阔"也说不上,欧阳修书法风格比较多样吧,兴致上来,写下一段,就像出太阳的时候天就晴朗,下雨之际天就阴沉。欧阳修笔下有天气,也就是心情。

补记:《灼艾帖》,真知灼见的"灼",方兴未艾的"艾"。

俨然坐下

苏东坡《一夜帖》，其中写道："一夜寻黄居寀龙不获"，他寻黄居寀画龙寻了一夜。此龙已经失传，黄居寀所画山鸡，现藏台北故宫。我参观的时候，只在小卖部见到二玄社复制品。黄居寀是黄筌第三子，所谓"黄家富贵，徐熙野逸"，从流传下来的作品看，黄筌写生珍禽和徐熙落墨雪竹，笔墨区别好像不大，更像说的是题材，黄筌多画禁宫异卉，徐熙多写江湖水鸟。黄家富而贵，富中有股贵气，毕竟是贵；徐熙野而逸，野里有个逸气，毕竟是逸。不像某时代画坛，不是大腹便便，便是面目狰狞；贵也不见，逸也不见。呜呼，当然也不需要什么呜呼和呜呼什么的。

对了，那是山鸡吗？我不认识。记得有只大鸟站立水边，流水杂草，双钩竹子或者芦苇。朱砂的爪子。对了，现在哪里能觅这么好的朱砂？

据说黄筌拜孙位为师，学画龙，据说黄居寀能传其家学，龙的传人。"一夜寻黄居寀龙不获"，苏东坡是个从从容容的人，心无芥蒂的人，即使关在牢里，也能呼呼大睡。但这一夜，他遍寻黄龙图而不获，翻箱倒柜，会不会挠头皮呢？会不会生闷气呢？会不会把家里人喊起责问呢？会不会打翻酱油瓶呢？会不会颤颤巍巍爬到桌子上打量橱顶，或者钻进床底像一只蟋蟀？宋朝有酱油吗？不知道。想象宋朝酱油——北宋时候酱油是黄杏颜色，南宋时候酱油是青梅颜色，凭什么啊？不知道。反正想象苏东坡也会急，我就高兴——好个苏东坡，你也有猴急时刻！"一夜寻黄居寀龙不获"，寻了一夜，难道还能说他不急吗？但他的急，还是不会往心里去，也不从心里而来。至多急急四肢，翻箱倒柜，爬桌子，钻床底，顺带打扫打扫卫生，他满面尘土，一手提着前几日没找到的芒鞋，一手抓着朝云忘记的绣鞋，仿佛捡个大便宜，哈哈一笑，"方悟半月前是曹光州借去摹榻"，这时天也亮了，就写《一夜帖》给陈季常。一封信。一张便条。陈季常怕老婆，喜欢昆曲的都知道。男人素质越高，越怕老婆，怕老婆基本上是有文化的表现，当然也不排除附庸风雅。

像与人聊天，一边聊天一边喝点茶嗑点瓜子什么的，聊到出神处，忽然站起，猛觉得站起太突兀，又俨然坐下，这是从我角度看到的苏东坡书法。他书法里的视线——用笔和结体，常常是平视的视线，所以我觉得亲切。不像米芾，他常常俯视，呀，也太自以为是了。看多米芾，会觉得他要和我吵架。吵架也是很好的，但能聊天更好。苏东坡是中国最会聊天的人。

城南唱和

"城南"两字，真好。字与字的搭配，也是山山水水，一言难尽。有的是字形和谐，有的是字音协调。文章的高下，这是之一。我以前说过，看杜甫诗，一定要看繁体字本，而李白，似乎用简体字排版更好。看"城南""城东""城西""城北"的字形吧，也巧了，"东""南""西""北"几个字，字形都是对称的，问题在音上。说"城东"，这"东"音太响，含它不住，像敲着一面鼓；说"城西"，这"西"音太压抑，仿佛蒙在鼓里；说"城北"，"北"音急促，鼓被打破。就是"城南"好，这两个字念出，有花开缓缓的慵懒和从容。慵懒多一点。慵懒是美学上极高品位——王羲之《兰亭序》里有种慵懒，慵懒是高贵的，慵懒也是寂寞的。慵懒到荒凉，一览众山小。"城南"两字真好，我烧晚饭时，正随手翻着杨维桢《城南唱和诗卷》，他的这幅书法写得"屑粒簌啰"，好像米粒在沸水之中滚动，"雪粒速落"，好像城南下雪，夜归人深一脚浅一脚回家。

杨维桢《城南唱和诗卷》，比他的《晚节堂诗》摇曳，也比他的代表作《真镜庵募缘疏卷》敏感。也许还是我喜欢"城南"的缘故吧。乱世间，有几个朋友唱和，又于城南，不幸中之大幸耳。乱世间的友谊是极其珍贵的，况且"以文会友"。天意人事乖张多违，也只有依持文心诗肠了。杨维桢《城南唱和诗卷》，在我以前的记忆里，一个字一个字写得像竹节霜根。不，竹节兰根，镀银的竹节，抹粉的兰根。

元朝书法以琴作比，"吴声"与"蜀声"也。赵孟頫、鲜于枢"吴声"，绵延徐逝；杨维桢、张雨，不妨认他们作"蜀声"，激浪奔雷。元初书风的平湖淌到元末，成为急流。但元朝作为一个朝代，的确短暂，所以也或许平湖与急流是共存的，只是黄牛角水牛角而已。骑在青牛背上出关的书家一个也没有。赵孟頫、鲜于枢千里迢迢风尘仆仆但没有出关，杨维桢、张雨不记得关在哪里——他们在城南玩耍，来都来不及呢。我见过杨维桢一段文字，是写给张雨的，现在想来，大概有这么两句："几年未见张公子，桃花观里唤真真"，到底是"桃花观"还是"桃花庵"，想不起来了。还是"桃花春里唤真真"？下个"春"字，奇崛稍些。

可能杨维桢铁笛吹得最好，柳枝竹枝，桃花杏花，不在柳边在桃边，他吹着铁笛，声遏行云，一腔愁怨谁人见？喝酒！他的诗不怎么样，元朝江南，几乎没好诗人，元朝中国也没好诗人，即使天赋如杨维桢的翩翩云鹤，一直生活在鸡群鸡窝，鹤脖子鹤膝也会短的。我猜想杨维桢铁笛第一，因为铁笛我没听见，所以第一；书法第二，诗文第三。赵孟頫书法也好，但我兴趣不大，直接看王羲之就是。杨维桢书法，虽然不能说前无古人，而新意常有。他比他的本家杨凝式更野——杨凝式是鳜鱼时节潇洒的斜风细雨，杨维桢是青蛙乱蹦的雷阵雨。但"城南唱和"这个场景真好，乱世间的愁怨，让后人不容易看出，也真好。文章的高下，这是之二。

聚之为圣散之成仙

晚年林散之耳聋,但常要被人请去开会,开会就开会吧,他的脾气很好,只是没开上一会儿,他就要走——因为他们说什么他都听不见。他把开会作为和老朋友碰碰头的场合,看到老朋友都活得不错,身体健康,他就心满意足了,对于林散之而言,会议已经结束。有一次也是这样,会没开上一会儿就走了,他对陪同他回家的人说,怎么没见钱松岩。陪同说,钱松岩是美协的。那这是什么会?林散之很惊讶。陪同告诉他,是书协开会。想不到林散之更惊讶了,他说:

"还有书协?"

陪同乐了,说:"你是我们书协的名誉主席呵。"

林散之一路嘀咕着"还有书协",一路走回家去。

有时候,林散之也能听见。他不是什么都听不见的人。几位中日书家坐在一起座谈,说简化字不好,表现不出书法之美。林散之听见了,一声不吭走到桌前,拿起笔——写了几个简化字,又一声不吭回到座位上。几位中日书家一看他的墨迹，也一声不吭了。几位中日书家一声不吭陪伴林散之坐了一个下午，临结束时，大家不约而同纷纷走到桌前，写起简化字。

有人说，求林散之字很难，但有一个办法，确保可行。只要你带上好纸，不请他写他也会写。一位无甚艺术趣味的人士，林散之见了，也觉得讨厌，但他拿出一张纸——林散之溜了一眼，兴奋得手也有些颤栗，这是明代景泰年间的纸呵，不待那人开口，林散之就笑眯眯地挥毫书写起来。他写首自作诗：

我爱徐霞客，无钱偏好游。千山与万水，艰苦一身求。

林散之不愿把字写多，倒不是惜墨如金，他还想留剩一些纸，等如入无人之境时再墨战笔伐。好纸舍不得一下用掉，像好书舍不得一下读完。

许多年前，我曾受邀编一本《江南文化人》，写林散之的是艾煊。记得艾煊这样写道：林散之写字前，先要吃上半片安定，再静坐片刻，才握管在宣纸上散步、奔跑或伫立……我好像看到老骥独坐明月之下，突然一声长啸，跃下山岭，独步平原。

林散之大概在五十年代耳朵就不好了，左耳。所以他有时落款就写"林散之左耳"，只是"左耳"两字，我总会一不小心看作"右军"。不知道他这个落款，是不是有点"八大山人"——"哭之笑之"的意味。与八大山人同时期一位画家，牛石慧，他的落款，让人一看是这四个字："生不拜君"。他们都是别有怀抱的人，像右军王羲之一样。林散之说过一句话："艺术不是就事论事，而是探索人生。"王羲之生活的年代，那时有一句话："王与马共天下"，王羲之的伯父王导，曾在晋元帝司马睿登基的大典上，与皇帝同坐一把龙椅，共受百官朝贺，中国历史中也仅此一例。树大招风，轮到王羲之做官的时候，他赈灾放粮、整顿吏治，终因与上司处不好关系，只得辞职一走了之。林散之也做过副县长，据说很关心水利，有人说"散之"两字，就是他治水经验，也是大禹思想。

林散之常说他诗的成就最高，这并不是矫饰之言。他的用心，以我猜测，无非是想让人注意积淀和呼吸在他书法背后的东西吧。书法仅是他的飘飘衣带。

有这样一帧手卷：

风神遗洛浦，江表一孤岑。已尽思吴泪，犹存望蜀心。芙蓉秋梦远，芦荻夜潮深。幽恨成终古，空传青鸟音。

这是他在一九四一年书写的自作诗《枭矶孙夫人庙》，纸色仿佛黎明时的窗纸，墨色枯浓郁结踽踽而行，弥漫笼罩着老杜风气。可谓"老杜风气遗散之"，聚之为圣，散之成仙。中国文化人即使成仙了，也不忘世事。被后周皇帝封为"白云先生"的陈抟，隐居华山，他下棋、练气功，看到天下大乱，就带一队人马下山，他骑着骡子，向帝京进发，走到一半，听说赵匡胤陈桥兵变黄袍加身，从骡子上掉了下来：仙人也堕于十丈红尘。陈抟说一句天下从此一统后，就回华山睡觉了，能一睡一个月不醒，一直睡到一百多岁死去。林散之在一九七六年手书的自作诗《夏忙》，虽是一首即景诗，现在看来不免时过境迁，但他的尘心还是历历可视：

夏日迟迟昼正长，山圩上下插秧忙。社田无处不青色，虚室何人延白光。日入而作夜不息，秋能有获冬方藏。丰衣足食年年愿，备战尤宜先备荒。

这时，林散之已年近八十，"备战尤宜先备荒"——他还不忘发一番议论。

林散之是江浦人。江浦我去过——有一年，我兴致勃勃地走访一些县城，寻找散落在民间的高士奇人。到江浦，已是夜晚，寒意逼人，有肃杀之气。兀兀的木头电线杆，昏暗的灯光，尘沙一直追上去，绕着灯泡旋转。一条野狗，在电线杆上蹭痒，看着我走过，高吠一声。在一座灰砖小院里，我见到他——他曾跟林散之学过书法。他拿出一张条幅，上面还有林散之的红笔批改。他是个退休工人，年过花甲，推车运煤以贴补家用，业余时间习武练字。客厅里有他父亲一帧遗像，遗像边，是他父亲遗书：

千江有水千江月，万里无云万里天。

这是宋代一和尚的偈语。坐在客厅里，望着小院里朦胧月色，刚才县城里的肃杀之气顿无。我想林散之在江浦，大概也有这么一个小院。我提议把椅子搬到小院，坐在了一棵树下。这一棵树大约是桂树。

风箱呼呼，他的孙女在灶头烧茶。

我觉得我转了一圈，又回到林散之身上：一个伟大的艺术家身后，总有一个割之不断拂之不去的若隐若现的民间。不以功名论英雄，我就坐在林散之的小院里了，月色桂树，饮茶夜话，身心何其愉悦。

林散之有位入门弟子，叫桑作楷。一次，他拿张扇面，请老师写首自作诗。林散之说："不写了，不写了，旧作我都忘了。"说完就去洗澡。洗到一半，他推门而出，对桑作楷说："有了。"拿过扇面，浑身水淋淋地书写起来：

我的老诗已半忘，更从何处觅华章？人间风物容吸取，写首新词送小桑。

这是七十年代的事。七十年代，林散之写得多的是毛泽东诗词。我第一次见到林散之书法，也是第一次听说林散之名字，是我正在读小学，周末回家，有人来玩，给我父亲看一幅字，"世上无难事，只要肯登攀"，林散之写的。

闭户著书真岁月，挥毫落纸如云烟。

书叠青山，灯如红豆。

晚年林散之，饱受哮喘之苦，住院的时候，他给来探望的朋友写张便条：
"下次你来，带上刀，你要手辣。"

书法的终结

　　这题目听起来有点吓人,像前一阵子流行的酷评。但我想说是另外的事,我把"书法的终结"作为状态,用来对五四时期新文化人墨迹进行一点描述。

　　五四时期新文化人墨迹,是一个很独特的文化现象,由于他们对传统普遍的批评、怀疑,使他们对书法的态度,既与他们之前的文化人不同,也与他们之后的文化人区别。

　　有一点很有意思,他们颠覆传统思想,反对中医,反对京剧,对中国画冷嘲热讽,甚至还有建议把汉字给取消的,但他们却没有说过要取消书法。熊秉明有个观点,认为中国书法是中国文化核心的核心,如果我们赞同这个观点的话,那么,我们对五四时期的新文化人不就会觉得奇怪吗?他们几乎把传统的方方面面都盘点到了,怎么就独独遗漏书法?我的解释只能是书法在他们当时生活中的日常性已使他们对其传统视而不见,拿毛笔写字就像用筷子吃饭似的。筷子是我们传统文化的一部分,但批评传统文化的人并不会鼓动人们扔掉筷子。毛笔也是这么回事。对筷子或毛笔有解读愿望的话,当时也不可能发生,这是一种新的哲学思维,是在符号学照相馆布景前站立的姿势。而五四的基础恰恰是哲学的匮乏和本能的有余,也正因为如此,它才有条件声势浩大。

也就是说,熊秉明的观点是在毛笔的日常性日益消逝之际才能产生的,五四时期,毛笔还是新文化人必须的书写工具,你要发言,你要批评,你要交流,你要怀疑,都离不开毛笔这个书写工具,这真有点以子之矛陷子之盾的意味。如果把它看作一个不十分到位的象征,五四的不彻底、浮躁也就是胎里毛病,后人不必饶舌了。要说的是五四时期的不彻底是对传统文化的批评和怀疑还不彻底,对新思想的接受又很浮躁。不彻底和浮躁总是互为指证,直到现在还是如此。

我把"书法的终结"作为状态用来描述五四时期新文化人墨迹,出发点就在于毛笔在他们生活中的日常性。这算什么出发点呢?大伙儿或许发笑。毛笔在五四时期之前人们生活中的日常性要比五四时期人们生活中的日常性更来得日常,除王冕陈献章高其佩之流,不是因为少年穷窘,就是因为个人癖好。但我以为他们还是不一样的。书法对于五四时期的新文化人而言,更多只有书的需要,而没有法的制约。这些新文化人墨迹,我们现在看来,常常是看不出来历的，即他们的书法形态往往面目不清。他们仅仅用毛笔写字而已——既不像前人要把字写成某家路数，也不像后来者一用毛笔写字，就自以为是书法家。明代以降，就是天才如八大山人、担当者，某一阶段都在努力把字写成某家路数，董其昌字体大为流行，八大山人和担当都曾写得一手董字。八大山人中年还在写董字，他是自觉地在接受书法中"法"的制约，相比之下，同在中年这阶段的陈独秀、胡适的书法，他们完成的只是书法中"书"的需要。五四时期"书法的终结"，说得确切点，就是书在延续而法已终结，无心插柳柳成荫，从这点上看，他们对传统文化方方面面的颠覆，在书法这个领域似乎又是最为彻底的了。假设这个说法成立，再结合熊秉明观点，那么五四为什么还是不彻底和浮躁的呢？这就导引出这么两点：一，文化并没有核心，也就不存在核心中的核心这一个问题，这仅仅是学者的想象；二，文化是有核心的，但书法并不是核心中的核心。这两点与五四时期新文人的关系都不大，我得出的是一个与这个前提缺少关系的结论，就是在这个语境中去反叛这个语境，它只有对抗的情绪而缺乏再生的能力。

五四时期新文化人墨迹，在我看来，都很可观，以至我有时会产生这样的想法，现在一些所谓的书法家以书法安身立命不免显得可笑，旧旧不到宋元明，新也没新到五四时期。五四时期新文化人墨迹新在哪里呢？新就新在——我在上面已经说过——"更多的只有书的需要，而没有法的制约"。这看上去像是无法无天，怎么还会可观！我原先以为是——这话我在上面也已经说过——"毛笔在他们生活中的日常性"，无非是他们写熟而已，正如欧阳修所说"作字要熟，熟则神气完实而有余"，就像屠隆，时人讥评他的字，我拿来与当代一些书法家的墨宝一比，却并不见得有多差，因为当代人一拿毛笔就以为在创作，自然紧张有余，而屠隆写来，轻车熟路，只作为一个"熟"字，只作为正常的应酬，放松得很，于是神气反而完实而有余了。

　　后来我想，五四时期新文化人墨迹的可观，并不仅仅是一个"熟"字，而更多在于他们歪打正着——使用毛笔只是他们的需要，他们并没有神游在书法这个语境之中，他们对毛笔没有对抗情绪，视而不见，或者用句时髦的说法，他们的无心在客观上起到"悬置"作用，歪打正着在这里的是他们的墨迹比当代书法家也就更具有时间性。

　　可观就可观在此：五四时期新文化人墨迹是书法的"法"的终结，同时，由于"毛笔在他们生活中的日常性"和他们的胸襟与修养，却是书法中"书"的开始。这也是歪打正着——他们几乎把传统方方面面都盘点到了而独独遗漏书法，如果没有遗漏，或许也没有可观。

　　"法"的终结，"书"的开始，这开始就是个性的开始。个性只有在人性的觉悟中才能开始。

五四之前的文化人和五四之后的书法家，对他们的墨迹，说好说坏意义不大，这好坏的标准也就是传统书法标准（当然这样说较为简单，宋代一些文人墨迹，也早有了"法"的终结"书"的开始的预言，苏东坡说"书初无意于嘉乃嘉尔"，最后还是要一个"好"字），归根结底就是范本的标准，而五四时期的新文化人"无意于嘉"的目的不是为了"乃嘉尔"，他们没有范本，他们只有人本。于是我们有点不无被他们的思想强迫让我们这样去接受他们的墨迹——从他们的个性、气质、生平、命运上去欣赏他们的墨迹。这并不是降低层次的欣赏，恰恰是对"法"烂熟滥俗的蔑视，恰恰是对"书"的领悟。

没有"书"，哪来"法"？有"法"，又没有"书"了。

陈独秀的墨迹，张扬凌厉，外向，细看更多的是自负，他本应该是位个人主义者；胡适的墨迹，举重若轻，条理分明，不拘不泥，一笔带过，他天生是个"博士"而非"专家"；周作人的墨迹，有悲悯之心，但含而不露；钱玄同的墨迹，厚思以尖意出之，迅疾，干脆，不折不扣；傅斯年的墨迹，顺水推舟，不张扬；许地山的墨迹，书法面目像是最有来头，写经体一般，但多分灵动；郁达夫的墨迹，在个性气质的流露上绝无障碍，我见到的几幅都可以作他的自传看，有时会稍嫌用笔举止轻浮一些，但越看越觉轻浮得好，这轻浮轻浮出他内心的寂寞，能在不经意之中书写出内心的有几个？当然，内心也只有在不经意之中才上笔端，重要的是常常能看到书法家不经意，但他们的内心却很难一见——见到的庸俗、肮脏，由于我们心存美好愿望而不相信这就是他们的内心罢了。只是书法真能写到肮脏，也不容易，能在艺术中或大善或大恶者，皆非凡人，所以我们见到的也只有枯燥乏味的庸俗而已。

曾在某展览会上见到刘半农的一个卷子，我以前没见过刘半农墨迹，即使不是刘半农写的，也是个好卷子。以前读他同时期人文章，说他轻浅，而这一幅墨迹却古奥敦厚，还能感到他是个大好人，故录下款识，以为纪念：

中华民国廿二年八月廿二日为三弟北茂书离骚一卷都二千四百七十三字余今日以前所书卷子此为最长矣高丽旧卷笺则为五年前魏建功掌教京城大学时所购赠半农

沈尹默和台静农，一个是五四时期最早的几个新诗人之一，一个是五四时期著名的"乡土小说"作家之一，后来都成书法家，"法"大于"书"，这里不论。有则轶事倒是好玩，沈尹默用毛笔录了首自己的诗，请朋友两正，不知道怎么被陈独秀看到了，陈独秀说，诗写得很好，字写得不好。沈尹默闻讯，从此丢下诗笔扛起毛笔。我觉得好玩的是陈独秀对沈尹默墨迹的评判所持的是什么标准？看来还是传统的书法标准,否则沈尹默不会在帖学里猛下功夫。这也可以把它看作另一个不十分到位的象征,五四时期的新文化人并不能忘情传统,他们对传统普遍的批评怀疑是因为着眼于民族的未来,是他们的理想,而在生活中,实际上还脱不了旧文人的日常性,写写毛笔字,是他们在潜意识中流露出的用以平衡自己狂飚般情感的姿势,正是这个姿势,使他们前不见古人后不见来者。

鲁迅墨迹,论者芸芸,我也就不说了。说五四必说鲁迅,这也是"法"了。我是说"书"。"说书"一词在吴方言里有"信口开河"之意,就此打住。

鬼神仙人

　　有关钟馗。高其佩指画钟馗：气壮，脸色有点邪。钟馗是个大人物，大人物被邪，就好看。还有就是罗聘这幅：钟馗与十多个小鬼饮酒作乐。我当时还数了数小鬼，现在忘记。反正小鬼很多，神态各异犹如十八罗汉——我觉得这小鬼神态是罗聘从罗汉图演化而来。钟馗已醉，这个时候小鬼们不无法无天一番，更待何时？像我们开会，领导一走，场面放松。人鬼之情理，也是相通。有一小鬼尤其生动，脱下钟馗靴子，用筷子夹块红烧肉，正喜滋滋地往靴子里塞。真有活气，绘的是鬼——钟馗在这里倒成题目，文章由小鬼们去写——画的却是人间生活。

　　我也画过钟馗，画他手拿折扇，一脸的惊恐。题上"有人敲门"四字——钟馗不怕鬼，怕人。

　　神，不在此处。

《泼墨仙人图》，拿着印刷品，我临过不下十次。开始觉得好临，没几笔；越临越难，难在那份气息。这气息并不是仙气——倒有些市井味道。市井味道比仙气更难识别，成仙容易做人难。也可谓长点见识，因为不临不知晓，一临，就怀疑这"仙人"两字，可能并不是梁楷本意，而是后人摊派。

　　尽管梁楷善画鬼神，虽说鬼神仙离人间较远，远远地模糊一片，还是有所区别。这区别在我看来，都是以人作为标准——鬼，起码死过一回的人，才能叫鬼；仙，肯定是不会死的人，据说人能修炼成仙；而神则一开始就站在人的对立面，像是天工，但这天工，说到底，没有人的安排哪来神的位置呢，皮之不存，毛将安傅？这一切都与人或多或少关联，人是根本，人在鬼神仙中，排在第一。从画家那里，会看得更清，画鬼也罢，画仙也罢，都是与人进行着一场若即若离的游戏，把人画得入木三分，就接近鬼；把人画得离地一尺，就接近仙。把人画得不像人，那么，差不多就是神了。

　　梁楷是嘉泰年间的画院待诏，宋宁宗赐他金带，梁楷没拿，挂在画院什么地方而去。大概什么地方好挂就挂什么地方。他嗜酒自乐，也不知道自封还是人称，号曰"梁风子"。"院人见其精妙之作，无不敬伏，但传于世者皆草草，谓之减笔"，从中看出，梁楷起码有两种画风，"院体"与"减笔"。"但传于世者皆草草，谓之减笔",这里语含惋惜,也许惋惜梁楷不辞而别,宋宁宗恼火,把他院体画打入冷宫或者投进秦坑。也许惋惜梁楷在画院时间太短。

《泼墨仙人图》不见记载,是幅减笔画。乾隆在上面题诗一首,腔调油滑,乾隆的诗都是打油诗:

地行不识名和姓

大似高阳一酒徒

应是瑶台仙宴罢

淋漓襟袖尚模糊

这首诗在乾隆那里,算得上上乘之作,哈哈,看来乾隆对"仙人"身份也有怀疑,故说"大似高阳一酒徒",有些"模糊"。

实在"模糊",这幅画确有醉意,是微醉,心满意足。前面已经说过"嗜酒自乐",长久以来,我把这幅画看作梁楷自画像——初春天气,梁楷从酒楼下来,今日里喝得并不多,老板不肯赊账了。没有风,酒热上头,他就敞胸袒肚,在衣裳的墨色掩映下,肚皮似乎是湿润的,有热气,也有微汗。中国人物画,常常有风的姿态,这样容易生动。这一幅画的绝妙之处,是使衣裳程式化飘动成为个性化摆动——行走时的摆动,尤其玄裳黑带之间,似有钟摆往来。梁楷这一幅画,着意在人物下半身:他正行走,步子并不大,玄裳与黑带摆动得厉害，因为喝了点酒脚步有些踉跄缘故。

　　说是梁楷自画像，差不多自讨苦吃，授人话柄。说成梁楷那一代人画像，我想能够蒙混过关：此画有"人到中年"之感，表现出宋朝这个文化特征，唐朝人是画不出的，倒不仅仅在"减笔"这个技法上。唐朝人年轻。以后的人老眼昏花，减笔画成减意。不是没有天才，宋以来直至目前，天才不绝，一如我们想象中的仙，或者鬼，或者神。只是酒徒对于我来说，也已是想象。

　　最可亲的还是人，尽管有人拒人于千里之外，比如陈老莲笔下，即使"如摹伧父屠沽流"，气息总是竟陵一派。陈老莲不可学，一学就隔。而任伯年可说坐在陈老莲对面画画，他的人物画世俗可爱——即使高人，也可以喊他下驴背，说几句话，喝一杯酒。如果喝上三杯，差不多就成朋友。

《清明上河图》是部小说

《郑板桥三俗》这篇文章，有朋友见到了，说我大体上是"正话反说"。其实我本不想正话反说的，我想说反话，只是一不留神，最后说正了。这可能基于我的基本想法，今人有什么道理对古人说长道短？

还是做个欣赏者吧。

张择端《清明上河图》，童书业先生认为传世"真本"，时代不会在南宋以前，因为树法的笔墨已颇有元意。这话有道理，也没有道理。有道理笔墨是一个时代在纸上留下的痕迹，反过来也就可以以笔墨映证这一个时代，好像以诗证史。没有道理笔墨是一个人的修养、心境，甚至预言，它也能在时代之先。

《清明上河图》的真伪问题，是童书业这类学术先生们讨论的问题。我看《清明上河图》，无非想从其中学到点人情世故。艺术是人情，艺术也是世故。

《清明上河图》像一部章回小说，让我慢慢读来。

柳树。酒馆。一头小毛驴拴在柱子上，它惊叫，回头，周围的人也随着小毛驴一同回头了。他们看到什么？他们在心里惊叫。酒保不知躲避到哪里去了，莫非昨晚有一醉汉赊账，酒保非但不允，还剥他衣裳，把他打出门外。今天这醉汉领着一帮兄弟杀上门来了……其中还有一位朱砂女侠，骑在一匹雪青的大公马上，众英雄唯马首是瞻。那一匹雪青的大公马流氓成性，故这头小毛驴——母的——这头银灰色的小毛母驴害怕了，它怕再生出头骡子……

而水边，几个小商贩正沉浸在生意的快感里，毫不觉察一场大祸即将来临。

正是：

得理不让人，祸从天上来；运交华盖时，井水犯河水。

以上全是胡话！

但《清明上河图》以惊起首，这一点却真。张择端匠心，他先把看客放在惊回首里，这惊就是一个悬念，而高明的是这个悬念不是为下面安排的，是为这个长卷也就是说画外——这个念是悬在画外的——你一打开，看到小毛驴和周围的人正朝你右手方向望着，你也会下意识地朝那边歪过头去——好像那里还有画面似的！于是，悬念就产生了，其实是你的联想：这幅画从哪里开始的呢？

正因为有这一惊，这幅画就没有开始，它只是无穷无尽的长卷上极其偶然截下的一段，碰巧被你看到了。悬的是自己的念，看的是老张的画。也就是说因为生命有限，只能看到这一点。

第二回：卖炊饼红杏一枝出深巷 拾褡裢青丝两鬓到横塘

话说……说的是……

以上全是胡话！

但张择端……《清明上河图》这部小说才读一回，笔记已近千字，多了。那就卖个关子，且听下回分解。

神龙见首不见尾

明代陈继儒兴趣广泛，风雅盎然，是个综合指数很高的文化人。这是废话，既然称得上文化人，综合指数就不应该低。陈继儒诗文书画，单看并不独树一帜，放在一起，营造出茶新墨旧氛围，很有味道。由于兴趣广泛，自然见多识广；因为风雅盎然，难免道听途说，他说"徽宗画六石玲珑古雅"，现在能够见到的《祥龙石图》，不知是不是陈继儒看到或听到的六块石头中的一块。

流传的宋徽宗绘画，据说靠不住的多，《祥龙石图》真迹还是赝品，对欣赏者而言，随遇而安——欣赏者欣赏的是时间中的艺术；对收藏家而言，急火攻心——收藏家收藏的是艺术中的时间。到达高处，大概又能殊途同归。

宋徽宗画一块太湖石，对太湖石评价，米芾以来有"皱""漏""瘦""透"四字，这里略过不表。宋徽宗祥龙石，与苏州留园冠云峰相比，虽不及冠云峰浑如，但自端着一股劲，仿佛韩愈文章。

邓椿《画继》"卷十"中有个小故事：

宣和殿前植荔支，既结实，喜动天颜。偶孔雀在其下，亟召画院众史令图之。各极其思，华彩烂然，但孔雀欲升藤墩，先举右脚，上曰："未也。"众史愕然莫测。后数日再呼问之，不知所对，则降旨曰："孔雀升高，必先举左。"众史骇服。

宋徽宗作为画家的眼光，无疑敏锐，我更愿意把这个小故事看作——在宋代，这类故事很多，宋人对细节好像有种特别的关注，这就与前朝大有区别。《容斋随笔旧序》中有这样的话："因命纹梓，播之方舆，以弘博雅之君子，而凡志于格物致知者，资之亦可以穷天下之理云。"虽是后人说法，但也能看出消息，宋人唐人——宋人是格物致知的博雅君子，唐人则是岂有此理的任性少年。换句话讲，唐人气豪，宋人心细。

《祥龙石图》章法有点局促，底部像被裁去，但看画人尽可以痴，既然名《祥龙石图》，这就是画家匠心独运：神龙见首不见尾。尽管这一说法出现较晚。左侧大块书法，瘦金体的格局在，神情却不免涣散，做皇帝也是累人之事。

尤其值得注意的，祥龙石顶部种上植物，完全像是村夫所为。

后来一想，这植物一作龙角，一作龙须，大概是把祥龙石当作风水石的。宋徽宗有此爱好，登基不久，方士进言，开封东北角风水不错，只是高度不够，如能对地形加以改造，皇气就不断。故营造"艮岳"，也就是风水园。花石纲为"艮岳"而设，许多奇花异草还没运到，就遭"靖康之耻"，神龙尾巴像马脚一样露了出来。

风流的本钱

中国绘画史上"明四家",是四个苏州人。小地方出人。我现在客居北京,知道这是文化中心,人才济济,水泄不通,但我以为出得更多的还是沙尘暴——心态之喧嚣,而宁静没有了。

"明四家"中,名气最大要数唐伯虎。"伯虎"是字,还有一字"子畏"。我叫车前子,偏偏不畏他。他又号"六如居士",民间传说他右手长了六只手指,《金刚经》"六如",居然变成六只手指,倒也有趣。

唐伯虎单名一个"寅",据说有一方章,自封"江南第一风流才子"。有人考证说是后人作伪,给唐伯虎脸上抹黑。在我看来,"风流"是个好词,汉语之美用这两字完全概括。

我在桃花坞工作近二十年,苏州地图上标有"唐伯虎读书处",就在附近,不出千米,但我从不寻访,实话实说,"明四家"中我只喜欢沈石田。唐伯虎聪明绝顶,技法精湛,画得太熟练了。这就是个问题。生难臻仙境,熟易堕凡界,艺术在生熟之间,该生不熟,该熟不生,所谓得心应手,无非能生能熟。但这也无碍唐伯虎作为杰出艺术家,中国绘画史上技法精湛的画家和气息绝妙的画家,一样凤毛麟角,拿"清四僧"作比,苦瓜和尚和髡残技法精湛,八大山人和渐江气息绝妙。

山水、人物、花鸟,唐伯虎样样都会。一般说来,他的山水画成就最高,上追李唐、刘松年、马远,近取"元四家",院体为主,兼顾文人画笔墨。

我曾在台北故宫出版物上见到唐伯虎一幅水墨《白牡丹》,以至只要一说唐伯虎,我就想到这幅画:澄澈,干净,蕴藉,简约。我见到了月亮。唐伯虎,真"江南第一风流才子"也,起码在画这一幅《白牡丹》之际。澄澈,干净,蕴藉,简约,这就是风流的本钱。

俗话"牡丹花下死,做鬼也风流",这有点急形急状,有点邪气,而唐伯虎《白牡丹》,我见到后觉得大大方方作人多好,并不急着要去做鬼。

第一风流,就是风流得大方从容。大方了,才从容。

刺鼻的味道

时间会使笔墨蕴藉起来。中国书画,一半人力,一半天工。纸上烟云,在我看来,就是时间之水的叹息。我能闻到那味道,不刺鼻,它像抽空的一个形状。

有一次,我在博物馆看到徐渭一幅书法,突然觉得有点刺鼻。我想,我是徐渭同时代人的话,会不会对他的艺术热爱得像今天这样五体投地?问题很傻,但我坚持把这个傻问题想完,到底怎么想的,现在已经忘记。

我不认为我会有这样好的眼光,就像我相信我如与梵高邻居,不一定会欣赏他刚画完的向日葵。

如果那时我也舞文弄墨,难免文人相轻;如果和徐渭又不是一个圈子,甚至文人相残,说不定我还会压制他、排斥他,碰巧手头有本刊物,又编个年鉴和搞次展览。

艺术只能在当事人或者一代人死光了,才说得上艺术。在当事人或者一代人之中,艺术只是创造阶段,也就是说,艺术只是创造者自己的事、个人的事,而不是欣赏的时刻——领会的时刻——理解的时刻——热爱的时刻。创造阶段的艺术,并不是要让多数人来关心的事。

如果那时我就喜欢徐渭书画,很大可能我们是朋友,属于同个圈子,尽管平日觉得徐渭这样的作品过于直露,但,情感宽容趣味。这是极可能的,相隔多年,徐渭书画作品已经被时间之水淘洗,我现在看来,还感到它方寸间隐隐的火气。

他是自己想画,就画了。徐渭的画,好像不是为当时人所画。不为当时人所画,我们也不要自作多情就认为他是为我们这些后来者而作。

他就是自己想这样画,也只会这样画,他就这样画了。

你能让他怎样画呢?

徐渭胸中有股奇气,但他并不是一个豁达的人,就只能发出刺鼻的味道。

中国水墨画到徐渭那里,像被刚发明一样。当然,也不见得。

现在想说徐渭坏话,肯定有些愚蠢。但现在想说徐渭好话,也不见得聪明。他有时就是乱画。有意思的是徐渭之后,写意画家总想从他情感的纵横里研究出技法的纵横术来。结果也就与这些不相上下:江湖郎中勾当;掌柜聚钱;造房子的;帐房先生做账;腰斩;

武林秘诀；放木排的；耍剑的；杀猪的；四五个扒手得手后的逃跑……你看到这些文字，或许摸不着头脑，让我把出处告诉你，它在《四溟诗话》（卷一八五条）：

唐人诗法六格，宋人广为十三，曰："一字血脉，二字贯串，三字栋梁，数字连序，中断，钩锁连环，顺流直下，单抛，双抛，内剥，外剥，前散，后散：谓之层龙绝艺。"

"一字血脉"，不就像江湖郎中勾当？"二字贯串"，不就像掌柜聚钱？"三字栋梁"，不就像造房子的？"数字连序"，不就像帐房先生做账？"中断"，不就像腰斩？"钩锁连环"，不就像武林秘诀？"顺流直下"，不就像放木排的？"单抛，双抛"，不就像耍剑的？"内剥，外剥"，不就像杀猪的？"前散，后散"，不就像四五个扒手得手后的逃跑？

这哪像写诗！学徐渭最后也会学成这个样子。伟大的艺术家他有更伟大的杀伤力。徐渭的画就是无法，是学不得的。你碰巧胸中有股奇气，各方面修养又好，又碰巧被人"错把虎子当狸猫"，这时你寄兴笔墨，就是一个差不多的徐渭了。他的画是大绘画，不仅仅说他气粗势大。

周亮工在《赖古堂集》里说：

青藤自言书第一，画次；文第一，诗次，此欺人语耳。吾以为《四声猿》与竹草花卉俱无第二。予所见青藤花卉卷皆何楼中物，惟此卷命想著笔，皆不从人间得。

所以我们是难免尴尬的，因为津津乐道抑或大加指责的徐渭书画作品，说不定就是"何楼中物"——假冒伪劣产品。周亮工接着说道：

汤临川见四声猿欲生拔此老之舌，栎下生见此卷欲生断此老之腕矣。

徐渭书画是韭菜、洋葱，喜欢的，会上瘾。不喜欢的就很难喜欢上，只是现在很少有人敢放在嘴上，说："我不喜欢。"

我对学徐渭书法的人讲，应该多看看韭菜洋葱，徐渭字的结体个个像洋葱，还是滚翻的洋葱，圆鼓鼓的，很充实，逮一个，你能一层一层往里剥。而他的线条，简直就是韭菜，不是小韭菜，是阔叶韭菜，在大风中的一排阔叶韭菜。

周亮工最后说道：

吾辈具有舌腕，妄谈终日，十指如悬槌，宁不愧死哉。

我胡说半天，生怕愧死，也就惶惶不可终日。

犹如在夏夜没有灯火的弄堂里听鬼故事

枯坐灯下，朦朦胧胧，忽然有个念头闯入：

"有没有八大山人这个人？"

这个念头吓我一跳。

荷马被怀疑过，有没有荷马这个人？莎士比亚被怀疑过，有没有莎士比亚这个人？李白尽管没有被怀疑到有没有李白这个人，但他的身世也够扑朔迷离。

那天在灯下瞎想一阵，就拿出八大山人画册来看。其中一些原作过去看过，我的经验是大师作品还是原作精彩，这句废话，为了引出下面一句话：平庸画家作品常常是印刷品比原作好。这就是我的经验了。大师作品中的伟大气息印刷品无法传递，平庸画家作品中的点滴小聪明印刷品倒极容易保留。我也没想过什么道理，只认为印刷技术的确为人类文化传播作出莫大贡献，但这并不能掩盖它本质的贫乏。贫乏是平庸的基础。

八大山人的原作，明眸皓齿，元气淋漓。如果把中国水墨拟人化，我拟过多次，现在觉得"明眸皓齿"是较能传达出某些精神的，还不仅仅立足于明眸当然是黑的、皓齿当然是白的声色之上。

两厚本八大山人画册，收录绘画书法，有几百幅。到底有几百幅，我也从没点过。读八大山人画册，虽说读过数十回，但每次还是有所期待。

有的画家作品，比如董其昌吧，像与人闲聊，有一句没一句，身闲之极。读董其昌画册，我有时溜上几眼，只看个局部，就很满足。阅读是有多种状态的，这两种较为极端：一种"蜻蜓点水"；一种"痛打落水狗"。读董其昌是前一种，而读八大山人，还真有点"痛打落水狗"味道。这个比喻不太好，容易让对我文章只溜几眼的人发生误会，以为我说八大山人是条落水狗。尽管落水狗没有什么不好——狗一落水，十分苍凉，又遭到痛打，就更悲怆了，简直是命运戕害之象征。但我还是要换一个比喻：犹如在夏夜没有灯火的弄堂里听鬼故事。

八大山人动物，猫画得最好。好像在我们中国画分类里，鱼呀鸟呀，鸡呀鸭呀，都划到花鸟中去了。他画的鹰、鹿，都不怎么样。尤其是鹿。我想这是八大山人应酬之作。吕洞宾都要应酬，何况山人。人的一生总是有许多应酬的，应酬没什么不好，应酬之作中也有杰作。"桃花潭水深千尺，不及汪伦送我情"，就是应酬之作。

中国的文学艺术，本质上是世俗的文学、世俗的艺术，一言以蔽之：为人情世故的文学艺术。用来应酬，当然方便。如果一位诗人或者画家说他平生没有应酬之作，那么也就是说这个诗人或者画家光剩下世故。有人情的世故，是活人的世故；没有人情的世故，是僵尸的世故。如果一位诗人或者画家说他平生全是应酬之作，那么也就是说这个诗人或者画家光剩下人情，这可能更可怕。我说八大山人的鹿是应酬之作，也是相对于他的其他作品而言。这几头鹿，让现在画家来画，别说"痛打"，就是打死也是画不出的，因为气息还是好。即使俗气，也分三六九等。

八大山人山水，其实是种氛围，有一只手把你往里拉，拉你进去了，他也就不管你了，你东张张西望望，有时会觉得差不多。氛围性的文学艺术作品通病就是——"有时会觉得差不多"。

我，最爱，八大山人花鸟，它是一种精神，它是一种精神性作品，把你往里拉，又把你朝外推，拉拉推推，推推拉拉，上下左右，左右上下，他元气淋漓，我们大汗淋漓，淋漓尽致之后，上下通坦，左右通明。历来如此，氛围性的文学艺术作品总是很多，精神性的文学艺术作品总是很少。

这两厚本八大山人画册中，在我看来也有赝品，但问题不大，因为我想说赝品中也有杰作。举个诗歌例子，"红豆生南国"和"清明时节雨纷纷"这两首诗，现在可以确定不是王维和杜牧作品，但你硬要说它不是,不就有点煞风景吗?大师开了风气,在这种风气内的文学艺术作品,即使全算在大师名下,我看也是无妨。大师就像座作坊,学徒们玩得开心。

艺术家被人作伪,在中国,大抵可以说这位艺术家成功了。艺术家要达到这一步并不困难,困难的是要让人怀疑,真有这一位艺术家吗?比如荷马,比如莎士比亚。他们超凡脱俗,以至超出我们想象。

灯下瞎想着有没有八大山人的时候,是有趣的,一旦写下,觉得原来落到这个套路:

> 这位婆娘不是人,
> 原来仙女下凡尘;
> 儿孙个个皆为贼,
> 偷得蟠桃奉至亲。

也就无趣。

但我还想说的是——没有八大山人这个人,只有八大山人这尊神。八大山人是水墨之神。

画册里还夹了一张纸条,忘记何时随笔,摘抄如下,以为纪念:

凡艺术往往能新不能旧，能旧不能新，而八大山人既新还旧，既旧还新。

读八大山人绘画：月黑风高，院门紧闭，忽然有个白影从书斋窗口飘过，胆小的吃了一惊，胆大的就跟了过去。

看来我在前面说"犹如在夏夜没有灯火的弄堂里听鬼故事"，不是即兴，是我早有想法。神有时候会装出个鬼样逗我们玩，否则也就没有我们的疑神疑鬼了。

郑板桥三俗

江南民间，这三个画家名气尤大。一个唐伯虎，简直"风流才子"的代名词。一个徐文长，不知何故被叫作"恶讼师"，几乎恶的象征。一个就是郑板桥了，"怪"的别称。郑板桥就像唐伯虎、徐文长一样，也有不少故事，大伙儿觉得他"怪"，就编出许多"怪"故事往他头上一套，就像唐僧，高兴不高兴，就把孙猴子拉出来，念上几回咒。相视一笑，当不得真的，才子玩"风流"，才子玩"恶"，才子玩"怪"，大伙儿玩才子，也是生物链。

为什么会觉得郑板桥"怪"呢？我想可能是受"扬州八怪"这一先入为主影响。

但"扬州八怪"济济一堂，又为什么让郑板桥独占鳌头？郑板桥作品在我看来恰恰不"怪"，而是"俗"！就是"俗"让郑板桥独占鳌头，俗了，大伙儿容易理解。把人做俗，事儿就好办，活儿也好干。

那么，边寿民芦雁也俗得很，大伙儿也很容易理解，为什么不把"怪"故事往他头上一套呢？主要还是边寿民没做过官，郑板桥做过官。做过官的才子在大伙儿眼里自然要比没做过官的才子好玩——做官事多，大伙儿有猜想，也有说头。

以上都是猜想，算作文章说头。

人称郑板桥诗画书三绝，我看诗画书三俗。

先看诗。郑板桥在"前刻诗序"中言道："余诗格卑卑，七律尤多放翁习气。"这是两个问题，诗格和写作。但也是一个问题，写作决定诗格。郑板桥聪明人，他知道艺术创作一有习气，格就卑卑。郑板桥不但七律习气，诗词都有习气，只要放不下，丢不开，就是习气。在我看来，这习气不一定就是放翁习气。放翁习气是下笔漫漶因为心境不忘慷慨。其实下笔漫漶，东坡也是如此，东坡下笔漫漶因为心境不忘洒脱。郑板桥也是下笔漫漶，他的心境是不忘尖酸。尖为刺人，酸为自慰，尖酸是他人与自我都不能忘，当然会俗，也就卑卑。

郑板桥的画就像"诗格卑卑"的"图解"，他画竹画兰画石头，最著名的是竹，最俗也是竹。他的墨竹千篇一律，变化甚少，习气自然气冲冲而来，就像作坊产物。金农的竹，比他有味道，金农写影写神，郑板桥画形画态，金农写竹如摹魏碑，魏碑本是个俗物，只是文人一摹就变得雅器；郑板桥画竹似临晋帖，晋帖本是个雅器，只是文人一临就成为俗物。晋帖是灵魂的风声,听得见,摸不着,横空出世的王羲之不知害了多少人!竹是兰亭,临不好就俗;兰亭是竹,画不好就俗。有俗心的郑板桥再加上手上功夫差点,画竹不俗才怪。郑板桥的手上功夫,生不过金农,熟不过李鱓,半生不熟,只得俗,俗是一种尴尬。

而所谓"六分半"书,乱石铺街,写好,像故宫博物院,琳琅满目又百年孤独;写坏,像潘家园,乱七八糟唯喧哗与骚动。只是郑板桥写坏时候多——他的书法,是隶的赝品,楷的赝品,行的赝品,草的赝品。赝品品质,第一是假,第二就是俗。

俗人这么多,为什么大伙儿独爱郑板桥——郑板桥是近三百年来最后活在老百姓舌头上的才子,任伯年、吴昌硕这等才子也俗在江南,却没有这等口福,因为郑板桥俗成俗套(他的墨竹与他的六分半书),俗成俗话(难得糊涂),俗成俗人(朦朦胧胧的丝质灯罩下闪烁其辞着人性的光芒)。诗画书三俗,不难,难在郑板桥用三俗修炼,终于修炼成俗人一个。俗人的话,雅人是说不出的。郑板桥在"后刻诗序"中言道:

板桥诗刻止于此矣,死后如有托名翻板,将平日无聊应酬之作,改窜烂入,吾必为厉鬼以击其脑!

金农肯定说不出，他一心想做雅人。

我说郑板桥诗画书三俗，实在是说他好。清代以来，文人做雅已是一件可笑的事了，俗倒是得风气之先。卑卑小人，不俗何为？"人迹板桥霜"，板桥上早已没有人迹，那就做条板凳吧，你想怎么的就怎么的，坐在板凳上扳扳脚丫，喝喝浊酒，或者，与邻村女子结私情，扛上板凳听戏去。

千峰担当寒色

担当，云南人（到底是不是云南人我也记不清楚），少年时期陪伴父亲到过南京，一代名妓马湘兰见他伶俐，往他头上簪花，一时引得天下读书人眼红。那年，他十三岁，姓唐名泰。躬逢乱世，遁入空门，法名普荷。担当是号。

当时社交圈中，不外这么些人：名妓、名医、名人。名人最空泛。名妓没有才艺姿色，名医没有回天之术，想必很难滥竽充数。而名人却常常是能蒙混过关的，不用举例，试看当下就会知晓。

担当与清初"四僧"（八大山人、石涛、石溪、弘仁）基本同时，名气没有他们大。有人说他地处偏僻缘故，我看未必这么简单。

担当有一诗：

太史堂高不可升，哪知万里有传灯。后来多少江南秀，指点滇南说老僧。

"太史"指董其昌，"老僧"是担当自己，作为董其昌传人，口气自负。担当的确跟随董其昌学习书画，"担当"两字落款，虽有变化，一生却不脱董其昌笔意。也就是说担当艺术面目不像"四僧"那样一下来得"维新"（"四僧"之中八大山人私淑董其昌，尽管八大山人书法五十岁左右还在董其昌窠臼里徘徊，但他的绘画青年时期就已另立山头），又不像"四王"（王时敏——他也是董其昌弟子，王鉴、王翚、王原祁）那样端着"复古"架式。担当有些前村后村，让人一时不知如何押庄，影响名声传播，却并不影响他的艺术道路——担当既不"维新"，又不"复古"，这条道路虽说艰难，但能不急不慢，又是长寿，倒往往渐入佳境。如果艺术家和其艺术关系是赌博，那么，担当大赢。担当直到晚年方才挥洒出他的艺术个性，大器晚成，属于另一种得天独厚。

　　担当册页画得真是好，而山水写生稿尤其好。他的山水写生稿有未完成之美，似乎要倒影波德莱尔一句话：

　　在创造一件东西与完成一件东西之间存在着巨大的差异，一般说来——被创造的并不就是完成的，而完成的不一定是被创造的。

　　拿担当条幅与册页结合这段话做个比较，就能知道担当册页好在哪里。好在哪里呢,不说才好。"天也破,地也破,认作担当便错过,舌头已断谁敢坐"。担当世寿八十一岁,据说圆寂前作有此偈。"认作担当便错过",不认作担当错过更多。

风凉笃笃

凡一个人能把事做到极致，便有风趣。这是很难的。往往并非人工，而是天赋。齐白石的吝啬在传说中著名——可说吝啬到家：他在米缸上加锁，钥匙挂在自己腰带上。家人烧饭，由他舀米，舀一勺，就说："够了吧。"家人摇摇头，对他讲吃饭的人多，他又只得再补上半勺，很是心疼。望望淘米箩，少不少？少乎哉，不少也。这个传说不知是真是假，其实是真是假，皆不重要。读《世说新语》，谁会去辨别真假？随意读来，读出一段风趣，什么都可以另当别论了。

齐白石的绘画，简单说来，是简洁、单纯、惜墨如金。我想齐白石如果不吝啬，也就达不到这个艺术高度。对于艺术家而言，身上的缺点不是要急于改掉，而是要开发，看看能不能做到极致，也是以人工来验证天赋的无有。缺点是艺术家形成自己创作个性的要点，或出发点，到了极致，就是不能被其他艺术家所替代的形式。

徐渭的狂躁，蒲华的邋遢，都到极致，就独来独往一尘不染。我在夏尚典先生处见到一幅齐白石寿桃，夏先生说：齐白石画完寿桃，大大夸赞一番他的孝心（夏先生贺母之寿），然后说道："洋红我多用了，我们是朋友，今天就不另加钱了。"这几只寿桃我并不觉他画得很红，甚至色还偏薄，只是桃形略大。

前两天，我见到齐白石一幅小品，想起他为夏先生画寿桃之事。齐白石这幅小品，画的是切开的咸鸭蛋——切成四分之一。我祖母也会这么干，把一只咸鸭蛋切成四份，分几次给我吃。每当这样，我就说祖母小器。祖母照例是这样的话："为你好。"幼年的我，命犯咳嗽，是咸不得也甜不得的。齐白石的咸鸭蛋触发乡愁。咸鸭蛋哪里没有？只是故乡的好吃。这样并不是说我的故乡以产咸鸭蛋著名，无非，也是一段风趣罢了。

有关咸鸭蛋，童谣是这样的：

风凉笃笃

咸鸭蛋剥剥

盛夏初秋傍晚，坐在弄堂口边乘风凉，边吃泡粥。这时期，咸鸭蛋是主打小菜，骨牌凳上一小碟切开的咸鸭蛋，如鹤立鸡群。四分之一的咸鸭蛋，也的确有鹤首之美：那蛋黄多半是橙红色的，犹似丹顶。那时鸭子还没有人工饲料，吃的尽是小鱼螺丝，所以蛋黄溢金，连蛋壳也是生青的。幸福的生活，美味的天堂，在这一首童谣里历历在目。这一首童谣还很难得，难得在有闲适味，况且不露声色。

这首童谣，很有技巧，也很有内容。笃笃既是对风凉的描述（吴方言中就是如此使用的），又传达出意笃神远的态度，还是拟声词——剥咸鸭蛋时碗边一敲，就会"笃"的一响。声音有了，动作有了，情景有了……但又很简单。齐白石上乘之作——都像这一首童谣。这其中有让我们神往的简单又幸福的生活。幸福本来是很简单的，但为了这简单，或曰保持这份简单，就不得不吝啬吧。在张大千一掷千金的背面，更是为物所累。而吝啬有时候就是惜福。

切成四分之一的咸鸭蛋，让漂泊在外的人嘴馋。齐白石绘画的妙处，正在于使人想要回家。说出这妙处，我有些得意，没听到有人这么说过。看来是嘴馋给我的灵感。

吐出一根线

文人画——以前我没想过这问题。现在好像也没想。这两年我画了一阶段画，有人说是文人画。说我文人画的过去也有。八九年前，张仃先生还住红庙，离我住处不算远，常去拜访。有次我携带一卷水墨小品向张仃先生请教（那一阵子，我刚出版有关西方绘画的一本随笔，准备撰写有关中国绘画的散文，一边看古人的绘画作品、画论，一边也慢慢画着），他对灰娃先生说："车前子的画是真正的文人画。"我喜滋滋的，倒不在乎文人画不文人画，在乎前辈对我的鼓励。有关中国绘画的散文写了几篇，另有稿约，这画画的事也就搁下。

著书对我而言，是种乐趣，只是出版之后，版税或者稿费拖欠，甚至有瞒着我转让版权的，这就不好玩了，心想还是要现金交易。这就画起画来，柴米油盐不会天上掉下，卖画吧，卖画总要个说法，方便的说法，就是接受文人画这个说法。

私下里我觉得我的画是诗人画。我拿着毛笔，在一张宣纸上展开、呈现我的想象力，咬破点之茧，吐出一根线的丝来。我不是说文人画不需要想象力，因为我觉得诗人和文人是两个状态，诗人是想象力的宠儿，仿佛闪电一下插叙在我们平庸的生活之中，而文人接近熬药，你要把经史子集诸子百家放在脑袋的药罐里，蜷身于黯淡灶头，添一把稻草，再添一把稻草，时光在窗户上一会儿曙红（黎明之际）一会儿锌白（正午之际）一会儿藤黄（呀，这么快就人到黄昏），药罐渐渐咕嘟咕嘟冒出热气翻出鼾声……一言以蔽之，文人是博学的符号。我才疏学浅，怎敢以文人自称！当然也不敢说文人画了。

中国文人画，通常从王维说起，接着东坡襄阳啦，青藤白阳啦，八大山人啦，这些姑且不论，我想说文人画是不断变化着的，甚至变化更大。现在很少有人把赵孟頫的画看作文人画，在元朝他却是文人画翘楚；徐渭当时没几个人认可他的画，而徐渭的画在今天简直就是文人画的代名词。看不到变化的人，就会一辈子在梅兰竹菊里绕口令。

有时候我也瞎猜，我的画被人说是文人画，大概有它的道理。它可能是文人画的一个变种：置于个性化位置的诗人画，文人画是它的胎记。文人画传达寻章摘句，诗人画表现奇思妙想。是这样吗？以后想想。

花下醉[1]

屏 风

醒来，一睁眼，就看到六折屏风了。前几天，他请画师画完最后一折屏风。

画师画上一只水墨大雁，雁颈弯过深秋风声，桂树的香气破开帘影，一行是诗，另一行也是诗，在楼头，在午夜，在酒醒……醒来之时。虚构抑或想象的月华饱盛长空，大雁斜飞，弯过又探来的雁颈似银质勺子，人世茶汤难道已冷？他看着，一如慢慢走了回去：

屏风第五折：凝霜的芦花，洌洌秋雨，一点又一点鬓边星星也。扁舟在绵绵烟波上松开束发一般，飘，在飘，飘散。灯盏里油不多了，黑暗却不稀少。江心洲上的芳草，美人不来，它也就不绿。美人来了，又过芳草时令。且罢，趁油未枯灯未尽，看洛阳纸贵，你们到底想

---

1. 与李商隐同题。

要什么！秋雨乌篷船；寒气长安城。

屏风第四折：一枝榴花燃烧，这夜光杯里的琵琶，这旌旗紫塞上刺眼的烽火，而壮年的血，刺疼他的骨头。榴花在梢头熄灭，欠下债务。

屏风第三折：他指定画师在这折屏风上画下荷花，并让画师留出一段空白，以便他把新诗题上。焚香，挥毫，如去后园采得莲子入怀："世间花叶不相伦，花入金盆叶作尘。唯有绿荷红菡萏，卷舒开合任天真。此花此叶常相应，翠减红衰愁杀人。"

他醒来了。在楼头，在午夜，在酒醒……醒来之时，由于角度，他看不见第二折和第三折屏风。

蝉

他给我看蝉蜕。他在中药店工作，是我中学的邻班同学，毕业前期，我们常在一起交换看书。那时，最稀罕是内部出版的苏联小说。中药店位于胥门，民国时期是个妓院，五十年代改造为干部补习学校，后来是中药店。灯罩、橡皮、古玩，我去中药店看他，总会冒出诸如此类的词。他从抽屉里摸出蝉蜕，给我看。蝉蜕就像这座砖木结构的房子，现在是中药店，以前是学校，再以前是妓院。而最后它又会是什么？最后还是一座房子，因为最初它就是一座房子。蝉是蝉蜕内的内容变化，蝉蜕存在于蝉前。蝉根据蝉蜕完成蝉，然后脱身而走。

蝉鸣，头顶热气，从这株碧树，到那株碧树，千字文的蝉鸣，五言绝的蝉鸣，我听完夏蝉听秋蝉，听烦了，蝉却只见过几回。餐风饮露，几乎飘飘欲仙，只是它一鸣叫，就成终南隐士。十二三岁，我在虎丘乡下，见到一只大蝉。没有一只蝉会把头朝下攀在枝条上，大千居士曾这样别出心裁地画过，白石老人见到，说，蝉的脑袋重大，如此攀枝，早掉下来。决定价值取向的差不多是身体素质。我在河边柳杪见到一只大蝉，大如蜂窝，因为柳杪上正有一只蜂窝，在蝉"本以高难饱，徒劳恨费声"上面。人所惧怕的蜂窝，远离人，而欲归隐的蝉，我跳起就能打到它。只是怕恼怒在它上面的蜂窝。

从蝉蜕脱身而走的蝉，它还是蝉吗？蝉蜕最后是蝉蜕，最初也是蝉蜕。他拿出蝉蜕，给我看，就像诗人远去，我们只见到诗篇。美薄如蝉翼，美不如蝉翼，而诗篇的蝉蜕。诗人根据诗篇完成诗人，然后脱身而走。诗人在蝉蜕之外，可以是诗人，也可以什么都不是。比蝉容易。蝉离开蝉蜕，被文化为隐士或者高士，我把他视作可爱的危险分子，是我恰巧见到它在蜂窝下面。我怯步了。并在以后常把蝉的形象与蜂窝混在一起。十二三岁，我在虎丘乡下，见到一只大蝉。但我更多地是见到螳螂：在水稻田里，在芋头地里，在茉莉和白兰花的花房。这精致的美，近来让我想起李商隐诗歌：他的怅然若失极为锐利。就像螳螂胸前两把绿玉大刀。玉刀杀人,想来这残忍也是精致的。

　　蝉根据蝉蜕完成蝉;诗人根据诗篇完成诗人,然后只要脱身而走,就都显得可疑。我去中药店看他,交换书籍,他拿出蝉蜕,给我看。惊讶于蝉蜕的完整。看完蝉蜕,我看中药店这砖木结构的房子,据说格局没什么变化。这座大房子被隔成一小间一小间,仿佛《李商隐诗选》中一层又一层的注解。看完房子,我又看蝉蜕,蝉蜕内的内容丧失殆尽,蝉蜕成为蝉蜕内容。通过诗篇找回诗人,就像玉刀杀人吧,这残忍精致。头顶热气,蝉鸣连成一片,蝉从这株碧树到那株碧树,李商隐联想到自己浮沉的宦途,而我只见过几回蝉,比蟋蟀略大,拿得准的似乎就这一点。

风　雨

　　风雨之中,听见鸡叫的人,是更惆怅了。叫的是公鸡,听的时候正是清晨。清冷的早晨,刚醒来。

　　人生羁泊,兰叶长叹着荒芜。如果在初春,溪头或许的荠菜花,若有若无的消息却是粉粉的,甚至是粉红的,寂寞这散淡的温暖,昨夜的胭脂,暗暗在周围、在附近漫漶、吟红。如果在初春,墙头或许的杏花,仿佛秉烛夜游,留下的烛斑,欢乐像麻烦一样,都是自找的，谁渡过大水，从冰中取出耿耿炭火，断了的桥头？如果在初春，桥头或许的钓者，会欣然于早晨清冷，看着激流中的乱鱼：三十六鳞如抹朱，以至高抬贵手一如妙手回春。如果在初春，山下西府海棠怒放，佛肚竹野战，绝妙好辞怀抱半开，而远山顶上，伽蓝面如傅粉着去年积雪，美景是本性的。人生羁泊，如果是在初春。

风雨之中，听见鸡叫的人，是更惆怅了。如果是在初春，几头或许尚有杯盘草草的梅花。

但现在唐朝，唐朝人爱酒，爱山水；宋代人爱茶，爱花鸟。少年唐朝，中年宋代，李老师是唐朝的中年人。但现在初秋，黄叶才叩白头，白头人已觉秋深，想象李老师白头，"鸳鸯可羡头俱白，飞来飞去烟雨秋"，他的妻子头生荒草，草成萋萋坟头的疏荒了，而新知，而旧好，而听见鸡叫的时候，正是清晨，清冷的早晨刚醒来，自己的身体也像往事遥远。但现在傍晚，朱门青楼里的管弦花部盛开，肉声绕梁，骑上熏香熏熏的楠木柱子。而此刻，李老师没得酒喝，喁喁，噶噶，呜呜，喙喙，呜呜，吗吗，嗝嗝，哗哗，李老师心想："我早就断了一喝新丰美酒的念头，因为不知要喝多少才能开销胸中闷愁。"[2]

---

[2] 这个心理活动有谱的，来自《风雨》一诗最后两行："心断新丰酒，销愁斗几千？"注解通常把"心断"释为心望与念念不忘，两句的意思就成盼望得到新丰美酒，消尽胸中愁苦。我的注解一是发挥汉字的歧义，二是使诗意更宕开一层，不平之气既强烈又蕴藉了。补充于此，聊作别解。

风雨之中，听见鸡叫的人，是更惆怅了。如果是在初春，巷里该有卖花者。

访隐者不遇成二绝

一

洵美地方,印象里都来过。这或许说明人生如梦，往好里做的梦。干净的秋水：没有墨迹的长卷，没有史实的时间。秋水弥洒，秋水空灵，秋水不深也不浅。不深的是秋，不浅的是水。"玄蝉声尽叶黄落"，玄蝉玄之又玄，黄叶黄了还黄，秋，不深：有交情的地方，方是洵美，方是人间。不遇只是万种风情，存在者未归，所以存在者存在。

（古代诗人，识得多少草木鸟兽之名！玄蝉，比知了个小，夏末生，秋末死：是一只具体的蝉，附近的蝉。1999年的诗人，只会写一个蝉字了。有时还会写错，成野狐禅的禅，肆无忌惮的惮。我几次从柳下经过，没写出蝉来，而古代诗人正轻盈地在蝉翼上散步。）

（吴方言中有一口头语，叫"黄落"，意为事情办得不成功、没有结果。过去我一直想不出它的书面文字，读到李商隐"玄蝉声尽叶黄落"，似乎一下看到这一口头语的身体，即使不成功，没有结果，因了"黄落"两字，多美，有份顺其自然的气息。或许，吴方言是伤秋的。）

秋水漫漫，携我同游：访问那冬青树后的白屋。秋水干净，白屋也干净。

二

他们不认识他，因为他不认识他们。白猿屋后其鸣至清，泠泠不绝。他少年时，白猿也曾授过他剑术，他也曾酒楼的灯红里看座上美人，看风中牡丹。现在，他看什么？雀飞草间，樵者腰际的斧头，锋利，锋利得接近名利之心了。

而存在者归来。

存在者归来，日暮归来，雨归来，他早已为雨准备蓑衣。

（蓑衣，当代怀旧之物，挂在四环桥下淡黄的茶艺馆里。他约我在此碰头，他却没来。八千里路外，有人闲敲棋子；两三张桌内，有人狠斗纸牌。以一决雌雄。）

（一千年前不遇，一千年后，照样不遇。）

他们不认识他，我们不认识我。

唯干净的秋水，秋水干净。

日　射

一只白鹦鹉出神，罐中的清水回忆着雨后混浊的河流：在东方，汲水者逆光而来。他的背景孤傲的青山,是田园里削出的莴苣,气息湿润,瘦长的青春。但他还在路上,离河流很远。罐中回忆只是门后回声。允诺的时刻尚未来临,而白鹦鹉已经出神。

出神的白鹦鹉,到了忘言程度。每一个时代都难免是吝啬的,如此它保持更新能力。如果一只忘言白鹦鹉还忘形,那么,它是一朵白牡丹呢,还是素裳沉思的少女?一团月光,一团月光下的雪,积雪,屋顶上的积雪。美景并不都是良宵。

而现在是白天,有一只白鹦鹉白皙的程度。我们看见众生寂寞:一只碧鹦鹉对着一朵红蔷薇,一枝红蔷薇,一院红蔷薇,一地红蔷薇,一只碧鹦鹉因为素裳沉思的少女,替红蔷薇感到寂寞。少女替碧鹦鹉感到鹦鹉的寂寞,为了让我们替少女感到少女的寂寞。

谁替人类感到寂寞?而现在是白天,日射纱窗,风撼门扉。

唇齿间的熏衣草香,须臾,消失。

握手已违,拭手之际出神到了忘言程度。抽屉里的罗巾,猜不出的谜语,日光仿佛鸟声穿透窗纱:"寂寞。"碧鹦鹉叫着寂寞,一声,这一声在回廊的转行处像个暗喻。

须臾,消失,日射纱窗。红蔷薇替唇齿间的熏衣草香感到熏衣草的寂寞,或许,香的寂寞。人类寂寞。寂寞,比人类更寂寞。

听《忆故人》

一听《忆故人》，就会眼中湿润，隐隐感动仿佛看到陌生的老朋友，陌生因为古人缘故，老朋友也因为古人缘故，白袷映月，玉树临风，玉树是什么树？颇让我猜测。肯定不是宝玉雕琢，那不自然，这是工艺品，再说宝玉雕琢之树万一临风，还不倾倒，还不玉碎？"昆仑玉碎凤凰叫"，只能是李贺，而不是韦应物。"玉树临风"这四个字，我总会想到韦应物。

而"玉树"之"玉"作为形容词，那么，怎样的树才配得上它作修饰？这更让我猜测。

古琴用桐木做面板，梓木做底板。古人有古人说法，桐木是阳，梓木为阴，琴乃阴阳合成。现代人有现代人说法，桐木较为松疏，利于发音；梓木较为坚实，利于蓄音。我向熟悉西洋乐器的人打听，他们说制作小提琴也是如此，较为松疏的木材做面板，较为坚实的木材做底板。西洋人讲科学，我们讲思想，顾颉刚先生说过，阴阳是中国人的思想律。

阴阳在很多地方成为套话，所以我见到沈括所言顿觉亲切可信，沈括这段话有研究也有实证："琴虽用桐，然须多年木性都尽，声始发越。予曾见唐初路氏琴，木皆枯朽，殆不胜指，而其声愈清。"（《梦溪笔谈》卷五乐律一）

虽然还是说不准亲切可信在哪里，但配得上"玉"作修饰的树，我却认定了梧桐。

昨晚听完《忆故人》，我不免思来想去，现代生活我们最缺少的是什么呢？钱？希望？爱与荣誉？革命？艺术？交往？好东西？男女？山水？邮票？书籍？羊羔美酒？阳澄湖大闸蟹？这些也缺，但在我看来最缺少的却是回忆。李白说清风明月不须一钱买，子曰回忆也不须花一钱，花钱也买不到。浮躁，紧张，时尚，潮流，赶，忙忙碌碌，精疲力竭，哪有回忆的心态？哪有回忆的时间？哪有回忆的体力？回忆有时候就是一种体力。听《忆故人》，你就会觉得古人似乎比现代人体力好，起码不神经衰弱，是这样游刃有余，一点也不累。累或许也累，但没有气喘吁吁。

我听过不同琴家演绎的《忆故人》，而吴景略先生得于声外，此众人所不及也。得于声外不容易,能在得于声外之时,还能声在音中,就更不容易。吴景略先生《忆故人》几乎如此,所以能够意韵萧然,也能够让我有皮肤上的享受——话说初秋之夜,天气闷热郁积,忽然凉风习习,真是清爽之极。

据说《忆故人》来历不远,与传统的《空山忆故人》和《山中思友人》也没有什么相似之处,但我总觉得颇具古意,这一份古意与《碣石调幽兰》的古意又不同。《忆故人》的古意是其中诚挚,诚挚在现代肯定属于古意范畴了。这种享受求之不得。

听《阳春》《白雪》

　　《阳春》《白雪》原先是一支曲子，后来一分为二，不知为什么。《高山》《流水》也是如此。

　　传说《阳春白雪》师旷所作。韩非子笔下师旷比司马迁笔下师旷有意思，也就是更为生动，这或许体裁不同笔法有别吧。

　　《阳春》《白雪》，已经成高雅的代名词，但我听来只觉得生气勃勃欣欣向荣，甚至稍嫌刚直，并没有书卷气，更说不上风雅。由此推断，即使不是师旷所作，这曲子也是大有年头。无论《阳春》，还是《白雪》，都带有青铜器的重量，庄严，肃穆，对我而言，也就有些不可亲近。我知道《阳春》《白雪》的好，却不能亲近。它是庙堂之器，本不是贱民能够感受。上海博物馆青铜器收藏首屈一指，我看大半天，脑子里却一片空白。我喜欢滋润、柔软的东西，更喜欢随心所欲的东西。

班固有一首《宝鼎诗》，可以拿来做《阳春》《白雪》的比喻：

狱修贡兮川效珍，吐金景兮歊浮云，宝鼎见兮色纷纭，焕其炳兮被龙文，登祖庙兮享圣神，昭灵德兮弥亿年。

大气，方正，勃勃，欣欣，只是少点韵味。别说写的是宝鼎，汉朝诗人即使写愁，也写得生气勃勃欣欣向荣。《西京杂记》说赵飞燕有张琴名"凤凰"，她极擅长弹《归风送远操》，传说她写过以《归风送远操》为题的诗歌："凉风起兮天陨霜，怀君子兮渺难望，感予心兮多慨慷。"汉朝诗人写愁，也是"感予心兮多慨慷"的。慨慷常常是儒术，虚静往往为道家。

我所听到的琴曲，大抵都虚静——受了老庄影响。虚室生白，而《阳春》《白雪》是实实足足的，像站在山顶往下一看，底下全是密密麻麻的村庄城廓。《阳春》《白雪》里的精气神是入世的，也是积极的。"古调虽自爱，今人多不弹"，我以为刘长卿所说"古调"，就是《阳春》《白雪》之类的音乐。

"天不生仲尼，万古如长夜"，孔子之前的人白天其实并不需要点灯，因为儒在孔子之前就已存在，从师旷的举止言谈中可以看出。汉朝独尊儒术，琴文化大大发展，琴是儒术的工具。可以说直到宋代，琴才慢慢转为道家心声。道家使中国艺术的质地柔软干净。

我平时不听《阳春》不听《白雪》，只在神情倦怠时洗耳恭听，的确会振奋。但它不是茶，是药。《阳春》《白雪》《文王操》之类的，是药；《梧叶舞秋风》《渔樵问答》《忆故人》之类的，是茶。

琴 挑

老书老戏里，常有琴挑故事，颇让我向往。能挑之者自然高手，能被挑之者更不容易，否则高手琴弹半天，她毫不知春。我见过名"不知春"的树木，黑不溜秋不解风情。当然，不知春也有不知春的好处，甚至我还赞叹，满园春色，它就是不知道，要有多大定力！

司马相如我不稀罕，稀罕卓文君，卓文君有一流鉴赏力，心有灵犀，其实不用琴挑也能通透。所以不妨假设，司马相如卓文君前世有约，琴挑无非今生的风流仪式。琴挑大有前辈气味，我们的前辈个个风流。写唐伯虎时我说，风流是要本钱的。当时没有把这句话说死，现在说死它，这本钱就是文化。如此一说，就可知我辈如何地不风流了。二十世纪没有风流，二十一世纪更没有，"天下三分明月夜，二分无赖在扬州"，而天下三分风流，二分被古人占去，剩下一分，我们只能在文字中领略——还是古人的文字。古人得尽便宜，真真让我嫉妒。我很嫉妒古人，读李白文字，让我嫉妒他与杨贵妃周旋；读李渔文字，让我嫉妒他家里有个戏班子；读吴梅村文字，让我嫉妒他的耻辱感。我于古人无所不嫉妒，古人生活就是好玩，好玩在有余味。琴挑实在是余味一种，帘影绰约，人影窈窕，不是十分看得清楚，听或许也听不清楚，但心里明白。余味就是明白在心里，明白了吧。

余味是内心生活。我们没有了。我不认为古人艺术比当代艺术上乘、古人起居比现代起居优越，我只认为古人内心会比当代人内心微妙一些。天地苍茫，人才有内心；此时此刻太挤太堵，人只能为自己扒拉着扩张外部。浮躁是必然的，浮躁最终成为我们的处事原则。想想没劲，只是还要活下去。

司马相如琴挑卓文君，如期私奔，后来好事者为此作《文君曲》《凤求凰》等等琴曲，现在少有人弹，因为现在人心不古，早没有了琴挑之心，也就是风流本色。

万马齐喑究可哀的，是一个时代没有花枝乱颤的荡妇。卓文君就是个荡妇。荡：动，摇动。《左传·庄公四年》："（楚武王）入告夫人邓曼曰：'余心荡。'"《吕氏春秋·音初》："凡音者，产乎人心者也。感于心则荡乎音，音成于外而化乎内。"韩愈《送孟东野序》："水之无声，风荡之鸣。"这些我从词典上抄来，我也一知半解，你也不必当真。"荡"有多种解释，荡妇的"荡"我取"动、摇动"之意。何其美的动、摇动啊，何其美的花枝乱颤。

真真羡煞人也，司马相如不但遇到卓文君这个荡妇，还遇到陈皇后这个怨妇。于是，《长门赋》诞生了。琴曲《长门怨》来自《长门赋》。

我听查阜西先生弹奏《长门怨》，他弹出深宫（一开始那几句有飞檐走壁之感），弹出阿娇，弹出寂寞宫花红，弹出怨，也弹出恨，恨是没有完成或来不及完成或不想完成或已经完成的爱。苏东坡说"不应有恨"，是不对的，当然苏东坡的"恨"是憾，遗憾的意思。没有遗憾也是不对的，所谓遗憾，就是不能忘情。

不能忘情就是前辈气味古人本色，查阜西先生还没有弹出不能忘情，也就是说其怨不古，但已了不起了。因为未来总能到头而古是无尽头的，这就是人类惆怅之处。

江流石不转

杜甫真是成精了。不是精怪的精,是虫草精的精。也就是说杜甫诗歌是一些浓缩物。他用他的情感提炼了书面语—口头语／文言文—语体文,显得紧轧、紧凑。李白的情感是被书面语—口头语／文言文—语体文(尤其是被语体文)稀释的,故灵动、灵逸。

杜甫的《八阵图》:

功盖三分国,名成八阵图。江流石不转,遗恨失吞吴。

"遗恨失吞吴"这一句,很能捉摸出杜甫的功夫。我现在正听着管平湖先生的琴,觉得这一句也可以说出管平湖先生的琴风,尽管有点拗口。

好的琴家都是心胸开阔的人,琴曲只是他心胸中流出的一段情绪,他是山,琴曲仅仅是山中的响泉,或许奔腾,或许跌宕,或许淋漓，或许冲动，但山却是静的。古琴的美学是静，无论奔腾无论跌宕无论淋漓无论冲动，都是被笼络在静的风味之中。这样一说，说到了那一句："江流石不转"。

江不流，为大旱荒年；石转了，也很可怕：塌方。

以我所听到的所谓虞山派演奏，我说的是所谓，大抵江不流；以我所听到的所谓川派的演奏，我说的是所谓，大抵石转了。当然这样说，说明我听琴甚少，听的时候，环境还十分恶劣。现在是石转江不流时期，古，意味着灭亡，灭亡反而成为"江流石不转"这样一件自然而然的事情。

隋唐之际的著名琴家赵耶利曰："吴声清婉，若长江广流，绵延徐逝，有国士之风。蜀声躁急，若激浪奔雷，亦一时之俊"。

赵耶利的话，是评价，其中有高下之分，只是前辈蕴藉，要我们琢磨。

"长江广流绵延徐逝"，方是大境界。

琴派林林总总，不外乎清婉躁急，不外乎对清婉躁急的增增减减修修补补。也有集大成的，或者说综合的，管平湖先生就是一个。

其实我是挺讨厌在艺术中所谓集大成或者说综合的，艺术本来就是偏的——源自人性深处富有洞察力的偏见。但我真喜欢管平湖先生的琴声，喜欢极了。难道说古琴不是艺术？

古琴真不是艺术，它是文化。只有文化才能集大成或者综合而让人兴致勃勃。

由古琴作出推想，中国的书法、绘画，也都不是艺术，它们是文化。所以年纪轻轻的，注定玩弄不好。火气太大，被埋的时间太少。

文化是中老年的享受，艺术是青少年的冲动。

曾国藩一段话可以用来做它们的比方：

> 鄙意欲发明义理，则当法《经说理窟》及各语录、札记；欲学为文，则当扫荡一副旧习，赤地立新，将前此所业，荡然若丧其所有，乃始别有一番文境（《与刘霞仙书》）。

把曾国藩的"义理"作为"文化"的比喻，就是"法"；把曾国藩的"文"作为"艺术"的比喻，就是"扫荡"。"法"是"文化"的根本；"扫荡"是"艺术"的原则。拖着辫子的曾国藩都明白了，我们却犯迷糊。

曾国藩评说古文，常常会把归有光和方苞搁在一块说。我们现在说到古琴，也往往把管平湖先生与吴景略先生做个对子。

我近来好学，正看陈寅恪，他说："……摩诘艺术、禅学，固有过于少陵之处，然少陵推理之明，料事之确，则远非右丞所能几及"。管平湖先生的弹奏，有推理之明，也有料事之确。当然有时候也让我觉得刻意一点。

梧叶舞秋风

一叶知秋,落的梧桐叶。这是风中的梧桐叶。杜牧有句"自滴阶前大梧叶,干君何事动哀吟"(《齐安郡中偶题二首》),说的是雨中的梧桐叶,这梧桐叶不一定就是落叶,但想象成落叶,被风先吹到阶前,再遭雨滴,似乎更具备哀吟的理由。其中有段路程,有段空白。一叶知秋的"知",因了落叶因了秋,即使无风无雨,本身也有"哀吟"的况味,这样一想,似乎更具备哀吟的理由的理由反而不成理由了。可以拿杜牧另一首与梧叶有关的诗作证:《题桐叶》,他没写到风雨(明月清风的"风"另当别论),只言"去年桐落故溪上",就不免而哀吟了。

梧叶桐叶,就是梧桐叶。顾颉刚先生说"中国方块字固为单音节,但中国语则非亦如此。如'角落'本一语也,而为二字。此事昔日训诂家已不能明,故谓'麒麟'雄者为'麒',雌者为'麟','凤凰'雄者为'凤',雌者为'凰';而不知'麒麟'、'凤凰'

本为复音节语,不可强为分别也。如'果蠃'、'蜈蚣',岂得强以一个音节为一义耶","梧桐"也是如此。

梧桐叶,像一个舞蹈者的形象,有身段之美。尤其落下时候,在风中,在空中,它不是纤弱的,比如杨叶柳叶。梧桐叶竟很厚朴,夜里落下,会很响,仿佛汉陶俑受了魔法,在窗前走动。

落叶皆黄,当然也有不黄的落叶。落叶之黄中最好看是银杏的叶子,梧桐叶比不上它,但梧桐叶黄得一点也不难看,也很难得。

如果能于鸳鸯厅中闲闲落座四出头的官帽椅上看梧叶舞秋风,那是前世修来的福气吧。

如此福气,不料无意得之,但那天我看到舞秋风的并不是梧桐叶,而是银杏叶,漫天飞舞,浑如一纸洒金笺。

琴曲《梧叶舞秋风》,细细听了,确是梧叶舞秋风,而不是银杏叶舞秋风,也不是杨叶柳叶舞秋风。我不得不赞美音乐的神奇:它是写意的,抑或抽象的,却有刻画具体形象的能力。于此看来,写意的最高境界是写实,写实的最高境界是写意。只有看似矛盾,才会出其不意。世人行事若能出其不意,自然不死。死就死在循规蹈矩。写文章不怕不通,只怕规矩,一规矩,一个字,"死"。出其不意者生,循规蹈矩者死。中国文化里的人到中年,和即使少年意气的,过不了这个坎,就只能死猫活食一般。

王维有首诗《左掖梨花》:"闲洒阶边草,轻随箔外风。黄莺弄不足，衔入未央宫。"王夫之说"'黄莺弄不足，衔入未央宫'，断不可移咏梅、桃、李、杏"，我真看不出来，但听《梧叶舞秋风》，我听出了秋风中舞着的的确是梧桐叶：

刚开始"翻飞未肯下，犹言惜故林"（隋孔绍安《落叶》），还有点看不清楚到底是不是梧桐叶，最后它有点蜷缩，被秋风刮擦着横过地面：乐音所传达出的体积，不是杨叶柳叶的体积。

《梧叶舞秋风》结尾稍嫌急促，想想也对，它舞的本不是旷野上的秋风，而是庭园中的秋风。

秋夜思

　　客堂。电灯泡。八仙桌。关紧的木格窗户。我想起小时候,祖母裁剪寒衣,白粉在衣料上画出大片小片,剪刀乌沉沉。

　　凳子上放了一包丝棉,用青布做的包袱皮,丝棉莹光散射地露出一点,很好看。

　　天井里没种树种花,只有一盆万年青。门口的桃树葡萄几年前就死了,门口空荡荡,也就无木叶叹息。"嫋嫋兮秋风,洞庭波兮木叶下",屈原《九歌》这两句,前一句是音乐,后一句是图画。

　　今天下午秋意够浓的,像是暮冬,心里觉得快要下雪了,我的两条腿开始凉了,我的情绪很不好,我想听一听古琴,我有几天没听了。

　　挑一些与秋有关的琴曲——琴曲中,与秋有关的琴曲极多,因为古琴的品质就是秋的,秋天的。秋深了。秋深有人家,人家即天涯,枝头萧萧叶，心头寂寂花。

我的藏书里只有一本琴谱，是《神奇秘谱》，随手翻翻，就见到《秋月照茅亭》，朱权解题"心与道融，意与妙合"，他的解题大都如此，所以不妨一抄：

臞仙曰。是曲者。或谓蔡邕所作。或曰左思。盖曲之趣也。写天宇之一碧。万籁之咸寂。有孤月之明秋。影涵万象。当斯之时。良夜寂寥。迢迢未央。孤坐茅亭。抱琴于膝。鼓弦而歌。以诉心中之志。但见明月窥人。入于茅亭之内。使心与道融。意与妙合。不知琴之于手。手之于琴。皆神会也。其趣也如此。

臞仙即朱权。《秋月照茅亭》我无缘聆听，读朱权这段话，尤其"但见明月窥人，入于茅亭之内"，文字顿时图画，图画顿时音乐——我蓦然听得，的确"其趣也如此"。

后来想起我昨晚偶然读到《秋夜思》，这是戴望舒的诗，小时候祖母裁剪寒衣的情景，又无来由地叠加上来，也不知道真假，于是，于是我就想听一听古琴。最终我听了查阜西先生《洞庭秋思》，连听几遍，不免有渺渺秋波之叹。查阜西先生曲终不是不见人，而是十分拟人化：秋波横传，临去一瞬。瞬，眨眼的意思。这眼眨得风情无限，让我顿时对查阜西先生神往起来。

写到这里，我停下，又去听了一遍。

昨晚有朋友送我一本他的著作，有关老杂志，我看到戴望舒《秋夜思》，最后一段是：

> 诗人云：心即是琴。
> 谁听过那古旧的阳春白雪？
> 为真知的死者的慰藉，
> 有人已将它悬在树梢，
> 为天籁之凭托——
> 但曾一度谛听的飘逝之音。
> 而断裂的吴丝蜀桐，
> 仅使人从弦柱间思忆华年。

暗用了李商隐《锦瑟》句子。戴望舒咏的是瑟吧，琴是没有柱的。

在那本有关老杂志的著作里，我还见到"庞薰琹"，他是画家，苏州常熟人。"琹"是"琴"的另一种写法。"薰琹"两字，有谷雨三朝之秾丽，虽说古琴品质是秋的，即使是秋，偶尔也有春光烂漫的时刻，庞薰琹同乡吴景略先生弹奏的《阳春》，就有"薰琹"颜色。

陈与义的临江仙

忆昔午桥桥上饮,座中多是豪英。长沟流月去无声。杏花疏影里,吹笛到天明。

二十余年如一梦,此身虽在堪惊!闲登小阁看新晴。古今多少事,渔唱起三更。

在陈与义《临江仙》词牌名下,此词还有个小序"夜登小阁,忆洛中旧游"。早先的词哪有序?序的出现,是词趋向案头化征兆。这个情况很复杂,但我也没想把它弄清。

午桥是洛阳城南一座桥,洛阳我没有去过。不对,不对,我去过的,我去过龙门石窟两次,白马寺一次,我只是没有在牡丹花开的时候去过洛阳。八九百年前,陈与义他们午桥桥上饮酒,河水流月,去无声,也就是来无声。喝到月亮西沉,他们像随着月亮似的,下了桥,跑进杏花林。杏花开的时候没有叶子,叶子是有的(又不是梅花,梅花开的时候真没有叶子),但是叶子小,看上去也就不像叶子,于是说疏影。疏影一般形容梅花和冬天的树林。也可以形容心境。姜白石的代表作《疏影》,梅花心境一举两得。"杏花疏影里,吹笛到天明",俞平伯认为两句从唐五代皇甫松《望江南》"桃花柳絮满江城,双髻坐吹笙"里化出。这有意思,"桃花"换"杏花","吹笙"换"吹笛",俞平伯认为"而优美壮美不同"。是对象不同,皇甫松《望江南》写的是情色,陈与义《临江仙》写的是情意,"意"总比"色"要少痕迹。所以"杏花疏影里,吹笛到天明"比"桃花柳絮满江城,双髻坐吹笙"蕴藉,但又放诞。一是水墨,一是重彩。我更喜欢水墨。水墨画的高境界就是蕴藉但又放诞。是有难度的。说得确切点,就是陈与义"杏花疏影里,吹笛到天明"是把皇甫松"桃花柳絮满江城,双髻坐吹笙"由重彩改为水墨,而工笔写意不同。我有个发现,宋朝人喜欢杏花。难怪我平日里会觉得自己大概是个宋朝人,因为我也喜欢杏花。

"二十余年如一梦,此身虽在堪惊",我是四十余年如一梦,此身虽在,要惊两惊了!

"闲登小阁看新晴",上片全是他在小阁上的回忆,用"二十余年如一梦,此身虽在堪惊"作为回忆与现实之间的顿挫。我谈宋词,讲顿挫,这是心得。

"古今多少事,渔唱起三更",胡云翼注解:

古往今来多少大事，也不过让打渔的人编作歌儿，在三更半夜里唱唱罢了。

见胡云翼选注《唐宋词一百首》。我手边《唐宋词一百首》是上海古籍出版社1979年4月第2次印刷，印数七十万。而俞平伯《唐宋词选释》2005年8月第1次印刷，印数只有一万本。俞平伯《唐宋词选释》选释并美，更胜一筹，不说也罢。还是说说"古今多少事，渔唱起三更"。

胡云翼注解泥实。这两句，从王维"君问穷通里，渔歌入浦深"里化出，我是这样看的，遗貌传神，大有风度。

说"玉"

玉是温润而有光泽的美石,但重在这个"美"上。就像天下文章轰然,能称之为美文的只是晨星瑞芝。看来玉与石还是两回事。所以有"玉石俱焚"的成语。白话里,"玉石"两字串联一起;用作形容,又独独这块"玉"了。貌美的人,可称为"玉人";吃醉了酒,醉得有样子,可说是"玉山自倒",这也是例证。尽管石品里,有些价值并不比玉菲薄,如鸡血,如田黄。

田黄石贵重得使一些印人都不敢轻易举刀。先有这一份拘谨,怎能指望天马行空呢?所以上乘的印章,石材往往很普遍,这是后话。

玉真是个好东西。

笺纸中有"玉版笺",我极爱。韧性,一笔下去,晕化开来,在四周能结出丝丝入扣的毛边。

苏州评弹中有部很著名的长篇弹词,叫《玉蜻蜓》,冬夜躲在被窝里听录音,其乐融融,不知雪满南山。当然不知,因为苏州没有南山。

但玉也并不是到处都行得通的，一如金钱。米芾拜石，风流痴绝。如果石换作玉，就失却气息，好像有点拜金主义味道。虽然金和玉常相提并论，俗话说"金玉良缘"，因为气息不同，人的趣味也就千差万别。

珠圆玉润。唐朝的诗句中，"玉"字常常出现。那时的审美趣味就是"玉"的光泽与富态。金碧，青绿，辉煌，豪华。"蓝田日暖玉生烟"，这是实在的玉；"玉人何处教吹箫"，这是意象的玉。随便翻开本唐诗集子，携玉的诗人频频亮相。而到宋代，这类的句子就不多了，有好感的是黄庭坚这一句："烦君便致苍玉束"。这句诗精彩，但被修饰的却是苦笋。宋人的审美趣味已转入水墨、浅绛，已是趣味上的贫困，也可说成简约。是"石"的审美趣味。对宋代诗风真正有影响的唐朝诗人，我以为是杜甫和韩愈——与朋友们讲讲笑话，我说就因为他们诗歌中都有几块了不起的"石头"。杜甫《八阵图》中"江流石不转"，韩愈干脆诗名就为《山石》。他们用力投石，直到宋代才问到路。许多东西都脱不了时间的玉成。又是一个"玉"字。

看着玉这般稀罕，直抱怨自己晚生：瞧，多气派！先民们用玉斧伐柯，也不觉得奢侈。话说回来，玉无疑将会越来越稀罕的。因为它更是一种操守，所谓"风仪玉立"，所谓"一片冰心在玉壶"。

一根线

西安给我的感觉好像永远是秋天。秋天的西安叫成"长安"我更喜欢些。"落叶满长安",这"落叶"来自空白,也来自渺茫,落下之际,天地间曳着一根根虚线。肃杀之气往往传达精神性。我在西安,看到几件汉代石雕,浑然大块上吐纳着几根线条,就活现出虎、活现出蛙来。这种具体又带抽象意味的线条,与秦篆相比,变化很大,或者说生机。秦篆的线条无疑是车同轨、书同文、统一货币与度量衡这种强制所赋予,犹如机械装置。

许多年前,我就对"线"这个字无比痴迷,直到最近,我还试图表达——纸的尺幅似风声渐大,而我的觉悟却微弱了。一日醉归,墨心蠢蠢,提笔却又惘然得紧,就在整张宣纸上写下一竖。醉酒使我抛开字形,仿佛站在高高的山上,迎接着风,得到解放。但由于在相同情景之中,我又不假思索地偏锋一横:

好像十字架一具,"线"的感觉顿时消失。

纯粹的中国线条，它要么是一竖，假设为"一竖"的话，那么，就是"一竖"与无数"一竖"的结合、融洽，不会有交叉、穿插。

我想起拔河之绳。

"出世"是一竖的话，"入世"也是一竖，它们平行，因为方向一致：全在"世"上。于是，这两根线条拧巴成绳，大伙儿在两头拔河。胜负取决于绳中央一个假设性的绳结，心力和体力反而悄然隐遁，都成一种感觉。

似乎中国人的智慧里没有十字形线条，没有相对方向。它只朝一个方面平静如水地打开、延伸……

说到底，就是线条一根。石涛曰："法于何立？立于一画。"这句话说得比这位苦瓜和尚所有的绘画都精微，关键没有赝品。中国艺术，就是一根线的天地，能够代表中国艺术中最精微的精神，我想一是书法，一是诗歌。而书法与诗歌这两根线条又能一丝不苟地吻合：李白的诗歌如大草；杜甫的诗歌似正楷；李商隐的诗歌宛如小篆；杜牧的诗歌仿佛行书。这一根线条即使变化多端，但一一看来，也必定轮廓清爽，甚至清瘦，连带到文人形象，就是极消瘦的，宁憔悴，勿臃肿，这很重要。即使像苏东坡这个体态肥胖的人，在画家笔下，画家也要借助衣衫的线条，来为居士减肥，弄出个玉树临风的模样。

苏州，某个有塔的公园，我带儿子去赏牡丹。花团锦簇，儿子四望，说一句："没劲！"我也觉得没什么看头。倒不是因为我贫穷，它富贵。中国古代的文人学士，爱的是梅菊。除含有品质高洁之外，还有这层意思吧：梅与菊，与务虚的线条有关，如果作写意画，都能通过勾勒。而牡丹，只得或点或虱，当然也可以白描，但还是点虱为多。为什么在中国人的文化心理机制里，有种特别的线条感？或许是我们的文明与历史太悠久了，所以不论封闭，还是开放，它都作为一根绵延的线条呈现于目：我们的历史感也就远远高于宗教热情，宗教到底不能产生出来。

儿子不满足的喊声使我回到牡丹花下，我匆忙携他出园，听说市中心的剧场里正在演木偶戏。

竹叶摇摇，在窗上摆出一个又一个淡绿的"个"字，我看着窗外。竹叶结构，可以看作"介"字，也可以看作"分"字，但我们谈到竹叶，常常说成"个字点"。因为"个"字更加简洁，有纯粹之美，而纯粹之美里，总活跃着线条的因素。看饱竹色，我捏支"小红袍"，蘸蘸淡墨，毛边纸上写起一篇短文，名为《凉爽》。

"是心灵无尘，皮肤上没有汗……"

我想凉爽更是：像一枝毛笔，蓬松、轻松、放松。在书法里，我想只有晋人墨迹最有凉爽之感。

读晋人法帖，觉得书家用笔，范围大致不超过笔头，飘逸、细腻，这与晋人敏感的心灵有关吧。而到唐宋，书家用笔已臻笔肚，一副身体力行样子：知识阶层在现实里，不管地位稳定还是不稳定，都与现实滞粘。宋元以后，明清人的书法作品，无论头肚，连笔尾也用上，所以明清人的书法线条，较之前人形态多异。从中，也能看作社会末期的悲哀：使用一切手段，抓住每个机会，寻求着生存的基本之道；出世难，入世也难，徒有满腔愤世之情罢了，罢！

从笔头到笔肚再到笔尾，其实是一根线条贯穿着沉浮。书法史，归根到底就是一根线条变化的历史。而中国文化人的心灵史，也是一根线条相承的历史。从古至今，以一竖而贯之，认定去向，绝没有横向联系的愿望；缺乏社团意识，故文人相轻以至相残。一个中国文人只是与死去的文人更有亲缘。

以书法的线条来观照——观照什么呢？起先是飘逸、敏感，继之为务实、脱俗，到最后只以悲怆终结。作为一根富有文化意味的线条，我想差不多在明代就终结了。也在明代，它开出辉煌的两朵花来：家具和昆曲。明代家具具有极大的概括能力，看得出一根线条凄美的走向。而昆曲，就是一种线条细细的戏剧，宛如吴门水墨，克制而有神采，充分而不宣泄，一撇兰叶晚风中眉长眉短。

记得汪曾祺先生散文里有沈从文语录，谈论饮食，有关茨菰。

茨菰有种苦味，沈老先生说："茨菰格高。"我们俗人，吃它时总爱笑话："吃清朝人。"茨菰有柄，就像清朝人的辫子。满族汉化，我想也有个满族自己潜在的问题：那一根辫子，尽管有点滑稽，但就是这一根辫子，和汉文化有了神秘联系：一根线的物质化表现。玩笑到此打住，一根线上中国在散步，这是后话。

那天，从苏州某个有塔的公园赏完牡丹出来，我带儿子去看木偶戏。看完木偶戏回家，他竟要模仿木偶，求我在他手上脚上——我就给他系上几根丝线。我牵牵缚在他脚上的线，他就踢踢腿；我动动结在他手上的线，他就抬抬手。我的儿子很入戏。

忽然他不玩了，挣脱我，带着脚上、手上的丝线，他在院子里走动起来。似乎有风吹来，<u>丝线飘飘</u>，像古代圣人的衣带。

刻

起码到现在我只刻过三方印。

"铁肩"和"大吉祥"是我十二岁时所刻的两方印。"铁肩"是我乳名,父亲或许想使我"铁肩担道义"吧。古有将军名"黑臀",我倒觉得可以归为一类。为讨口彩,此名已弃之不用:"铁",一简体就是"失金"。

后来,我再也没有以刀奏石,只是偶尔翻看印谱。我对封泥和汉印的兴趣似乎大一点。

汉印是意中之意,故方正。

封泥是意外之意,故天趣。

有几年,我在南京,十分苦闷!与周围人事格格不入,所以就常常去冷僻处,往土堆上一坐,说土堆总不如说成堆土来得传神,那么,我就往堆土上一坐,朝砖墙上刻起字来。说是刻字,其实是刻一些我也不明其意的线条,但有莫名其妙的大冲动——在其中。

那时候，不是跟着感觉走，是感觉跟着手走，手到之处，活龙活现。近来，见到龙山文化陶文摹本，觉得我当时所刻的东西有点接近它。

仿佛回声，只因峡云无迹任西东乎，难免油壁香车不再逢也。

龙山陶文的发现，考古专家认为可能将中国文字史推前一千年。专家曰：这块出土的陶片上，至少刻了十一个字，早于甲骨文，却与后代的行草相似。只是现在还无人认识。

但我以为这些并不是字。苍茫时代，并不需要蝉蜕般的文字。龙山陶文是陶纹，一种刻痕，一种记号，要具体到为人所认识的文字，实则是"被现代化"。这是一个无谜底的谜面，因为并没有谜目睁圆。当然，作为见解，要说文字，也可说是文字的，只不过是另一种形式的文字罢了。就像在地球之外，生命就不能是另一种形式？

很久很久很久很久很久很久很久很久以前一位很久很久很久很久很久很久很久很久很久以前的诗人（也就是巫师。诗人就是巫师。所以法国蛮子米肖曾深刻地洞察到这点，在他随心所欲的诗学观上提出"驱魔"之说），陶片上，刻下——完全是个例外。

就在那段时间，我刻了第三方印。

一日下午，我照例去砖墙边功课，看见一位女孩在那里稻草人（读三毛《稻草人手记》），我们就认识了。她请我给她治一方印。她用"治"字，像是行家。我终于从文字的另一种形式——"心灵独白"——过渡到文字的这种形式——"与人对话"上来。但我一点也不喜欢她的名字,于是,我决定刻一方俗气的印章出来。

当然,俗气并不尽是恶事。两性间有点俗气地交往,或许还算美差。

终于,印章俗气地刻完,我也结束每天功课。在人类有所谓的文字之前,往往更能迷醉于自己的心灵独白,也就是此时,反而会遭遇天地间由于专一而不必道破的秘密。有了所谓的文字之后,就忙于对话,于是实际,再也不会想到,也没有能力,去刻或写另一种形式的文字了。

我刻砖墙,是我一生中的例外。其实人类也就是个例外:并非万物之灵,只是万物中的一个例外而已。

瞻 眺

先乡贤王宠，字履仁，据说二十七八岁后改字履吉（《瞻眺诗》帖上就是"王履吉印"），号雅宜山人，籍贯吴县即今江苏苏州。他生于明弘治七年，卒于嘉靖十二年（1493—1533）。优秀艺术家四十岁前总很容易遭受不测，越是天才，这种可能性越大。中国典型的例子是李贺、王希孟，外国则有普希金、梵高等人。尽管王宠享年仅三十九岁，书法造诣却已臻精深。一般说法，他尤精小楷。但我更喜欢他的行草，"飘如浮云，矫如游龙"，觉得上可读出"二王"风致，下可识见八大胎记。杰出者都是如此，有一种承先启后的意味，既不是横空出世，也不是到此为止——即走极端，使人难以为继。像"铁崖体""乱石铺街体"毕竟有点怪异。

行草《瞻眺诗》帖是王宠自写的诗作（"曩岁游过山漫有此作，殊愧拙陋。淀峰顾命录出，执笔汗颜"），纵二九厘米，横三八二厘米，三十岁时所书。

从整体而论，王宠吸收"二王"较多，尤重王羲之。但在创作过程中，他又很别出新意，变媚变逸为疏为飞。也可以这样说，王宠夸张了王羲之的媚，使其为疏，夸张了他的逸，使其为飞。特别是飞，是王宠书法的最大特点，这在《瞻眺诗》帖中表现得淋漓尽致。何为飞？"文之神妙，莫过于能飞。庄子之言鹏，曰：'怒而飞'。今观其文，无端而来，无端而去，殆得'飞'之机者。"刘熙载这段文字移论王宠之书，也很贴切。

大凡学习王字，会解析出两类书风，我概括为"求象"与"得意"之分。"求象"，即讲究外气，比较注重书写时的那一刻情绪，属于投入的范畴。而"得意"这类书风，强调意蕴、谐和与内心，在创作过程中对自我较为克制，属于观审性的艺术行为。"求象"这一路数中，突出的书家有颜真卿、黄庭坚、徐渭等人。在"得意"这一路中成就杰出者为虞世南、米芾、董其昌他们。王宠书法，在"求象"与"得意"之间，偏于后者，它天真烂漫，神采照人，行云流水，止于所止。

《瞻眺诗》帖近千字，一一读来，不觉草率。王宠字体结构比较特别，紧凑、严谨，但每个字最后一笔的书写，却又十分放纵：顿时，使整个字仿佛有松了一口气的感觉。这些点划，特别是撇，初看上去总有种不太圆满之感（这样说也可，即有点毛病），但让它置身于具体一个字里，就觉得这种处理有点铁成金之妙。这些点划使整个字形成对立，又与这个字成为整体，这样，内部就有很好的张力。一个字，如每个点划都很圆满，反而平庸。一个字，有些败笔（严格说是一些恰到好处的败笔），反而有趣。但这又是最做作不得的。出乎自然的东西才会合乎自然。在字体结构上，王宠非常关注横与捺。因为横决定这字的大致形态，王宠一般使其往右上升腾，而捺则使这个字产生变化，它一般是朝右下捺去，气又贯向左面。这样，有意无意之间，构成圆的意味。

　　王宠在《瞻眺诗》帖中所呈现出的笔法，似乎预示八大山人书法将要产生，即一根线条在运行之中的变化不是太大，无头无尾的样子；转折之处，如捏念珠。后来八大山人更发展了这点，俗话所说的以秃为美。秃即是几无顿挫而多平直。把笔法的微妙与丰富蕴含在爽洁与不多余之中——以宁静之心克制手腕的运动。八大山人完成王宠的事业，又对弘一法师的书法产生影响。通观王宠《瞻眺诗》帖，我觉得章法上较为平常，古时大多数书家都是这般：只求贯气即行。而在章法上饶多机趣与奇趣的，反而是一些文人与画家们的书法作品。这是另外一个话题了。

不出汗[1]

书法形态，我以为不外乎两种。一种使人出汗，另一种使人不出汗。这两种形态，于我这个对书法艺术似懂非懂而又喜欢看看的人来说，一概需要。因为闭汗和盗汗都是疾病，所以，总应该机不可失地出汗与不出汗一下。

对书法的兴味，我更多是在明清阶段。我以为这是中国书法艺术史上过程最为丰富的时期，也是最春秋战国的——可能与可能性多了。但明清阶段不出汗的较为稀薄，大汗普遍淋漓。焦虑、激愤和疲倦的汗。当然，稀薄不是绝无，不出汗如文徵明小楷，王宠小楷，董其昌，八大山人等，都很凉爽剔透。春雨秋风冬雪，全无仲夏暑热。我尤其喜爱八大山人的书法。

八大山人哭之笑之后，就拒绝出汗。甚至有点闭汗倾向。

去年春天晚上，我持文徵明一帖，得梅花依稀，曾草一短文，

---

[1].《不出汗》是我青年时期的随笔，现在一看，给它三个字："真敢写"。另一篇《瞎眺》亦是如此，这次修订，给它四个字："全本瞎说"。留以为镜，照我汗颜。

题也为《不出汗》,"事如春梦了无痕",现已找不到原稿。前日午睡,展读八大山人法帖,困了,就顺手以帖合肚。

不出汗不行,在一个出汗时代,读不出汗的八大山人,我若有所梦若无所梦地要出汗。

老年艺术

许多年来,我一直认为:中国传统书画艺术,是一种"老年艺术"。

这并不是说中国传统书画艺术暮气沉沉。相反,我觉得它强大的生命力(正等着被再次激发)。

"老年艺术":一种境界、一种氛围和一种独具的艺术形态。

由于文化背景不同,艺术形态千差万别,这是一种情况。还有另一种情况,在同一文化背景中,由于艺术有其自身规律,它是按照自身规律发展的,也会产生各种态势。

中国传统书画艺术,宁静、冲淡、集虚、养空:无论具体技巧,还是一幅作品最后完成,都有这方面讲究。简而言之,就是不急不躁、不火不爆,形如"删繁就简三秋树",粗枝大叶脱落殆尽,兀然月光之下,蕴藉得仿佛不是生命本身,只成为生命的一个剪影。所以中国传统书画艺术原则上不是春花,不是"标新立异二月花",它不刻意,也不乖巧,更不做作。

八大山人和徐文长，他们何其痛苦沉郁（八大山人本名朱耷，明宗室，有切肤的亡国之恨，明亡后居"青云谱"，潜心书画诗文。徐文长可谓明朝第一才人，书，画，诗，文，无一不能，能而且精，精又至妙，平生坎坷，贫病交加，几乎疯癫而死），但诉诸笔墨，哪怕笔势飞动墨色淋漓，拜观之余，沉淀吾心——还是"老年艺术"。他们的作品，归根到底能够拔宅上升，不在泥地打滚。尽管八大山人字号为"驴"，但从不驴打滚。

清越之气，扑面而来，唯其虚空，方能清越。八大山人和徐文长白日拔宅，恶里龌龊现实的鸡鸡犬犬也能随着得道上升。

集虚养空为中国传统书画艺术之本。

为什么我们会接受（或者说乐意接受）这样的美学效果呢？

大概和真正影响到中国人文精神的老庄哲学有关吧。

老庄哲学，可以说是生活艺术，要达到这种生命状态，必须修身养性，而中国传统书画艺术，是最好不过的方式方法：使你澄怀观道，不为物所累。

药与书

"有病吃药，无聊读书。"听说过这八字，只是忘记是谁说的。有时候我想，药就是书，书就是药。

中药是一部深奥的线装书，圣人云多识草虫鸟兽之名，草虫鸟兽全是我们中医体系中的药。以中医医生的眼光入世，即天涯何处无灵药，于是就会常有一份随遇而安的心境。这随遇而安并非消极，实为豁达大度，修来的——是通过一张又一张药方修来。

而西药就有点像铜版纸印刷的抒情短诗集，给人精练之感。从这个比喻看中药，则十分接近史诗。吃中药也确有历史感。我本人爱好中药，觉得它是整体艺术。再打个比方来说，中药仿佛一场战役，而西药更像局部战争。它是先锋排、尖刀班，所以精练。中药却不得不冗长，挟带千军万马，背后躺着沧海桑田。有历史感的人吃服中药，效果会好，这是玩笑话也不是玩笑话。

以文化观药，或曰"药文化"，总与一个民族的心理关系深刻。

中国人吃中药，不用翻译，这样在感觉上自然直接：如读原作。而中国人吃西药就好像遭遇翻译作品。这就又说到书，那么，说说"书也就是药"。

对写书人而言，是药；对读书人而言，也是药。歌德杀青《少年维特的烦恼》，医好自己严重的精神危机；纳博科夫完成《洛莉塔》，也就摆脱乡土焦虑，哦，乡愁。"是乡愁吗？"他们都能对症下药，使自己成为自己的杰出医生。而鲁迅，更是我们这个民族的不朽名医，他为胎里毛病、家族遗传性疾病、不完善之处，开出一张又一张偏方。《狂人日记》，是药；《阿Q正传》，是药；《药》，是药；《野草》简直一家国药店。良药苦口，所以鲁迅文章的难读合乎情理。既然为药当然不会朗朗上口，又不是甜点蜜饯。即使可以用来骗小孩的梨膏糖，风土人情也不是梨与糖固有的滋味。

而书，说到最不济，对于读书人而言，起码也是这一帖药吧：能养心，能医俗。但就像目前各界严禁假药一样，我们读书之际也要提防伪书劣书扮成美女来到枕边。不和坏书上床！

私人影集

　　名号章像证件照，我想闲章就是私人影集了。买回一本《中国古代闲章拾萃》，其中作品零零碎碎大多见过，尤其书画家篆刻家一类。使我感兴趣部分，是文人学士的闲章。所幸书价不贵，不然的话，我不一定会买。粗粗检索一遍，有周亮工、李流芳、蒋士铨、朱彝尊、袁枚、梁章钜等人。

　　闲章既然像私人影集，那么，在其中我们往往能看到古人的日常起居，心迹，认定的道理和所要的境界。有一种秘密的美，如藏身于酒中的淡蓝火焰。又有一种兼美：既欣赏篆刻艺术，又能玩味闲章文理。

　　周亮工"纸窗竹屋灯火青荧"一印，是他自己所刻，虽然布局有阻隔之感，稍嫌硬凑，但印风整体上朴质。他是业余玩玩的，竟胜过目前一些雕琢的专家。这也是没办法事。治印对于周亮工而言，只是从他自身文化素养的汨汨活泉里舀出一钵清水，而当代印人，由于"时代局限"，哈哈，只得把一钵清水以为活泉。另一方"隐入吾庐"印不知是不是周亮工所为，这方印可谓专业水平，刀法洁静，章法风韵十足，特别是"入"字处理，真有"神龙"之亮工，"隐入"之暗意。周亮工他编撰《印人传》，开印人传记先河。在文学艺术的欣赏上，他也是眼界极高，推重徐渭。而傅山对徐渭态度，与周亮工就不一样。我常奇怪傅山对徐渭的不屑，其实傅徐的精神性倒更一致。交友是同气相求，为艺要的可能就是同性相斥，这样才有艺术上的独立人格。这非得是大智大勇者才能做到。看看目前的文艺社团，以造声势来掩盖独立性的不足，我们就可以明白傅山。傅山有一方印，叫"我是如来最小之弟"，印章不是上乘印章，说法却是一流说法。说法即见识。

　　宁眼高手低，不要眼低手高。其实眼低了，手也不会高到哪里。中国文化史上好像只有一个时期是个例外，宋代文化人好像有点眼低手高。看看他们相互赞美的文字，有时候让我这个后来者实在看不出个中妙处。觉得已有一点以后的社团集气了。

　　《拾萃》九十五至九十六页上，有袁枚的几方印："花里神仙"、"青衣沽酒沉醉在山家"和"放胆"。"放胆"一印稍闻刀气，"花"印与"春"印都太圆熟。一门艺术到最后，似乎都是这么回事：激情没有了，而技法成熟。这几方印不知是不是袁枚自己所刻？尽管也是闲章，但不像私人影集中的照片，姿势摆得太准确，少点随意。随意是激情的"最小之弟"。看来私人影集中也会混进几张证件照，所以编者说"闲章不闲"，这也是没办法事：做"我是如来最小之弟"总是不如装个"花里神仙"。

藏书票与藏书章

我们传统藏书文化中,没有"藏书票"艺术,但有与它接近或相似的玩意,即"藏书章"。这在使用上似乎比"藏书票"来得方便,不用粘贴,一盖就完事。说是一盖,其实还得经营位置,毕竟不是食品公司之类地方,拿个橡皮戳子往猪屁股上一戳:"检讫"。藏书章一般盖在扉页上。也有人老往封面上盖,我想这类人的性格大概唯我独尊,或许喜欢抛头露面。又有人把藏书章盖在书中,看来日常生活里他显然是沉得住气的。还有人呢,会在书籍勒口盖上藏书章,这类人大多比较谦逊,当然,也颇有城府。这只是我的泛泛而论,当不得真。我拥有几架书籍,却无藏书章一方,因为我觉得如果只把书作为私有财产的话,它会很快死亡或者散失。

"藏书票"起源欧洲,传到中国时,转了个弯——从欧洲先传到日本,再从日本二传中国。中日间的文化交流很有趣,古时的交流中,我们一方面输出我们的文化,一方面也曾充当着二传手角色。

比如佛教文化，又比如一些小器物，像苏曼殊居日期间的诗句"春雨楼头尺八箫"中"尺八"，它起于印度，传入中国，中国做了二传手，再传入日本。只是传到最后，以至我们都没了尺八。球传丢了。从另一角度看，也说明我们文化的曾经辉煌，连灌对方几个球而对方无力招架——有对方但没有对手。只有输出的所谓交流和只有输入的所谓交流是一样的，是场实力悬殊太大的球赛。在近代，我们准备吸收西洋文明的时候，日本已站到二传手的位置上，小到有如这小小的一枚"藏书票"。"藏书票"在三四十年代的中国作家中，曾有人自己制作。现在似乎广陵散矣。

  我国古代版画十分发达，"藏书票"为什么没有产生？愚见有这两点：已有"藏书章"在先，就懒得再去发明；和印刷材料有关，线装书页常是吸水性极强之纸，粘贴"藏书票"，若无一些裱功，就很容易烂皱——再说"君子动口不动手"，读书人当然不干。其实也并不尽是"不动手"，高抬贵手，还是愿意。只见贵手高抬，"啪"地一声，盖下一方……"藏书章"。

金圣叹剩

金圣叹的"圣",我常常看作"剩"的谐音。金"剩"叹:姓金的这个人有如此才华,却只"剩"叹气的份。这是不幸,也是大幸,毕竟他叹出的一口气到现在还没消失,剩下点什么。这是此文题目由来。

金圣叹,我大概十岁左右知道这个名字。那时候,擅说《三国》的张国良先生,常来我家与我父亲对饮,有一次,张先生微醉,和我说起金圣叹。他说:"弟弟,金圣叹这个人你应该晓得,是个奇人。"说罢,朗声念出一首他的断头诗。这首诗当然是伪作,但有人为他作伪,那么,这个人肯定有点名堂。后来我上小学三四年级,批《水浒》"只反贪官,不反皇帝",金圣叹也被露了几回面。再后来,读到《杜诗解》,方对他有个初步了解。

金圣叹而有关他的文字,前人当推廖燕《金圣叹先生传》为第一,中有"为人倜傥高奇,俯视一切,好饮酒,善衡文评书,议论皆发前人所未发"这几句。特别"议论皆发前人所未发"这一句，许多年来，一直激励我的诗歌写作。

金圣叹评点不少书籍，他把《庄子》《离骚》《史记》《杜工部集》《水浒传》和《西厢记》称为"六才子书"。这"才子"非"才子佳人"的"才子"，含有"人才"之意——是以后龚自珍"不拘一格降人才"的"人才"先声。这样称谓，自有痛惜和呼唤的意味。金圣叹正因为从此出发，所以兼容并蓄。当然，也是他本身思想和观念上的杂乱与矛盾。《史记》与《西厢记》并列，实在大胆，也实在有见识。《西厢记》就是一部情感"史记"，是正史，非野史——并无狎昵。但《庄子》与《杜工部集》区别实在太大，一出一入。由此看来，明清时期中国文人的心态最为复杂，不是"出"与"入"所能解脱。做官不成，做隐士也不成，开始实际，或者说现实起来——就做个读书人。只是金圣叹并不安分，评点《离骚》和《水浒传》，不仅仅是两本书的读后感，还是他心路历程。依我看来，除了学术，还有金圣叹的心术：忠臣难做，不如做个叛徒。当然，这叛徒本质上还是一个忠臣。历代忠臣，不可只看作是忠君，否则就小看他们了。忠臣实在是在忠于他们自己所参与和制定的文化规则。

金圣叹"六才子书"，他之所以选择这六部书，细细想去，十分微妙。

金圣叹的确是个奇人，但我更目为怪才。人才每个时代都有，但在不同时代，会成就不同"才干"，如在开明之处，就是俊雄之才。而金圣叹到金圣叹所处的环境，只得一怪为才了。怪才出现和多出怪才，只能说明这个时代的黑暗和凶险。从金圣叹轶事来看，中国社会到金圣叹前后，已是真正的穷途末路，即使有明君，也无济于事。所以，金圣叹的呼唤又有何用？只能作为个人觉醒的梦魇。

金圣叹轶事里，我对他和归庄的关系尤为关注。归庄高士，我曾见过他的一幅墨竹图，如果胸中没有一点气象，画不出来。但恰恰是他极力诋毁金圣叹。这绝不是文人相轻，从中，也能体会到传统文化中的杀机。非一言所能蔽之，到此为止。

金圣叹轶事的高潮诚然是哭庙，但我觉得不是他的精彩之处。因为一个像金圣叹这样的读书人是本不企求什么高潮的，如他自己所言："斫头最是苦事，不意于无意中得之。"真是无奈。明清两朝，我觉得这两个人物可归于一类，即徐渭和金圣叹。徐渭一生处处"高潮"，却活得很长，这是奇迹。金圣叹才有"高潮"，就被杀了头，这真是无奈！

颜 色

几点秀露下的白牡丹是美丽的,不见苍白,显得透彻与厚。朝阳一出,晨光打在秀露上,穿过这珠圆玉润,花瓣的纤维牵着一丝丝一缕缕的微蓝淡紫,微淡得毫不经营。稍不留心就视而不见。微淡的颜色,典雅的女子,她轻声轻气地说出举重若轻的话,轻盈得要飞。羽毛上天,鼻息都能使它扬起身体。如果这几点秀露滴上红牡丹,花瓣就会平添——什么?含悲,含喜,为悲为喜都战栗起谷雨三朝的妩媚眉批。午后,红牡丹上的秀露被阳光照干,凝视花瓣,我像在若无其事的玻璃杯沿发现口红浅浅的痕迹:嘴唇是丰满的。在春天,不用经意,就能看到许多好颜色。

苏州的老式建筑都呈灰色调,如《申报》上的照片。黑瓦白墙,经过时间的精打细算,黑瓦变得灰黑了,白墙变得灰白了。时间之灰使黑与白不再冲突,南辕北辙的家伙成为学贯东西的通人。时间是门学问,那些字画行的赝品制造者,倒也可怜,他们在素纸黄绢上装扮古人，与历史斤斤计较。而一个粗糙的时代最没有颜色可言，要看到好颜色，需要莫大的精心、耐心和漫长的等待。就是过去何楼中人也不这么急功近利，为了造假，必先挑选一二聪慧童子，让他心无旁骛，目不斜视，专心临摹这一家笔墨，读这一家喜读之书，吃这一家爱吃之物，十几年下来，总会有些这一家气息，于是才让他们去假展子虔假李思训一番。这种管理似乎是一座职业技工学校了。我见过当代赝品，直像听说的"三也先生"。"三也先生"自称精通古汉语，就是在给朋友信中每句话后面都加个"也"字："大札收到也，迟复为歉也，近来你还好吗也。"

　　闲话少说，在苏州小巷闲逛，常常有被艳遇的感觉，穿行其中，所以并不觉得沉闷，偶尔一个紫丁香姑娘，偶尔一株绿芭蕉，偶尔一只白母鸡，都会让你有木梳从手臂上轻巧划过时的陶然醉然。这些空白、这些细节留给邂逅，亦如在博物馆观赏书画，那不期而至的朱色闲章说是漫不经心也行，说是匠心独运亦可。

　　苏州之美，不在园林，也不在女人，美就美在那种仿佛拓片，仿佛黑白照片一样不无抽象意味的灰色调宁静。

　　我上班地点在一条小巷，巷中有棵老银杏。初春它常常给我惊讶，猛地就绿了。那碧绿的叶色像电灯刚被发明，把人一下照亮。这是充满欲望的时刻，四处走动又似乎无所事事。我把自行车停在树下，内心会一掠而过年年深秋银杏树金黄的叶子。金黄的银杏树比碧绿的银杏树更加耐看，一夜狂风，它在小巷里、屋顶上撒下无数金箔，泠泠的古色古香，高级得以致无奈，以致想要遁世。这一棵银杏，我从没见过它结果，唯其不结果吧，就更觉得华丽。据说银杏要成片栽种，花粉谱系才能在鸟飞过的道路上流传有序。或如《花镜》所言，银杏单植要其结果，就得植于水边，它要照见自己的影子之后，方会春华秋实。

　　一时期有一时期颜色，这颜色集中又曲折地表达这时期的政治、经济与文化。"青绿山水"和"浅绛山水"就是两个例子。政治、经济、文化，被提纯为一种颜色，在文人学士的心中就成某类心态。颜色会使我们找到颜色背后隐藏的事物。

　　历朝历代对线条有过不少研究，但对颜色却大而化之。很多年来，我一直有个梦想，也是大而化之的，想找到最能代表中国的一种颜色——中国色。这实在是个梦想，不切实际。

　　冬天了，我捧着茶杯：凹腹凸背，缩颈低头，全无豪气，大有猥琐。猥琐得不敢言语，倒有凝神定心之际。红茶之影投在手上，宛如含蓄的红木摆件。想想造物主真是多才，对颜色如此敏感，为让世界丰富，就撒出黄皮肤的人、白皮肤的人和黑皮肤的人来。种族主义者都是色盲，颜色有什么贵贱之分。不敢言语的时候，我就看红茶影下的双手，这双手不是我的，只是被阳光调出的近朱者赤。

觉得自己的手非我所有，对写作——觉得这神秘的仪式之中活跃着要被唤醒的好颜色。

某日，与朋友饮于茶楼，走廊横梁上挂着几只白灯笼，俗话说成"棉筋纸"灯笼。灯笼里的光，托出两三个墨字：

"春"
"卜"
"意"

我爱"卜"字"意"字，常常书写。这座茶楼的设计出自我的朋友，多种颜色组合得看起来只是一种颜色。这几日，他在这里举办观摩展，那些油画近作，我先前大都过看。傍晚时分，我们到隔壁酒馆喝酒，后来，蹒跚着醉步，从楼梯上下来，他说：这一块颜色真美。楼梯口的地板漆成粉红一色，墙角放着一盆茂盛的绿萝，有些像年画。我则更喜欢扶手上的深红，被手上上下下抚摩，花烛夜罗帐暗影，生命的呻吟断续春风。

我说起中国色，朋友吃吃地笑。年画里大红大绿表达了民间喜庆，而书法白底黑字又透着些文人内心的萧索。这常见于我们生活中的颜色示意出外向和内向的两个极端。我想起青花瓷器。瓷器中，青花与粉彩我都极爱，粉彩迹近年画，青花有些黑白意味。不同还是很大的，青花不萧索，雅俗能共赏。雅中见俗，俗中出雅：我爱无名艺人们的手绘，上乘不在八大山人之下。青花瓷中屡见"福禄寿"三字，民间艺人书来，"就是一幅抽象画"。

　　恐怕我永远也找不到中国色，这本身就是一元思维。但我能用一些颜色点彩我们文化中的各个部分：我把这些颜色拼贴起来，它们变幻莫测。

　　又：瓷器中豆绿与美人霁都极纯粹，好像一位古代文人的思想和生活。这样的颜色，似乎不复出矣。

而流连光景不觉有年矣

这一场雪,上个世纪末岁末就想下了,是不是机缘未到,直至这个世纪年初漫天皆白。这一场雪真大,老北京都这么说。但再大雪也会停下,甚至说停就停。那天我对妻说,去雪中散散心吧,不料午饭过后不见雪飘之影。现在,灯下独坐,虽说雪停多日,因为冷,也就没有化掉。尽管没有化掉的雪已不是雪,而是冰。窗外,一角平白,宛如无故,而这几天又有月亮,此刻就有,满满的,像桶凉水,天地素洁,几乎素不相识。想起张岱,约略有人如几粒芥子云云,于是越发素不相识,于是找出《陶庵梦忆》《西湖梦寻》来忆来寻:

崇祯五年十二月,余住西湖。大雪三日,湖中人鸟声俱绝。是日更定矣,余拿一小舟,拥毳衣炉火,独往湖心亭看雪。雾凇沆砀,天与云、与山、与水,上下一白。湖上影子,惟长堤一痕,湖心亭一点,与余舟一芥,舟中人两三粒而已。到亭上,有两人铺毡对坐,一童子烧酒，炉正沸。见余大惊喜，曰："湖中焉得更有此人！"拉余同饮。余强饮三大白而别。问其姓氏，是金陵人，客此。及下船，舟子喃喃曰："莫说相公痴，更有痴似相公者。"

《湖心亭看雪》，张岱这篇小品是《陶庵梦忆》中我最喜欢的一篇（《西湖梦寻》中也作附录收入），觉得干净，张岱的小品都像宣纸上洒落的淡墨。

而《湖心亭看雪》尤其如此。在我看来，空白原说不上干净，也就是说空白并不等于干净。干净是种精神，但与其说是精神，不如讲为物质更为传神，总会觉得意犹未尽。有句话"人书俱老"，用淡墨也有滴水穿石的时间推门而入，人墨俱淡。还有就是枯笔，"枯笔和淡墨，这是黑里求白的具体表现。枯笔使白破黑而去，如月出天山；淡墨让白摸黑而来，似烛照铁屋。"

《陶庵梦忆》就是一部淡墨册页（相比之下，《西湖梦寻》更像是逸气流宕的枯笔手卷）。张岱以亡国的沉痛作为淡墨的广大背景，所以这几点淡墨不轻不浮。这几点淡墨又是宿墨，也就更为沧桑了（这方面，余怀《板桥杂记》与张岱《陶庵梦忆》有异曲同工之妙）。

少年时代我不喜欢宿墨，嫌它不天真。宿墨比起新磨之墨虽少天真之妍质，但多份烂漫的从容。"天真烂漫"常常连在一起，却是两回事。具体地说，唉，我也说不清。拿荀慧生和梅兰芳作比，荀派天真，梅派烂漫。说到京剧，真要来比方宿墨，我就说宿墨更像青衣里的程砚秋、老生中的言菊朋。宿墨是涵养，涵而养之，沧桑也是涵养的一部分。有了涵养这层底色，张岱持论就锋芒所向而又不偏不倚。不偏不倚抑或宽大为怀，都是烂漫从容的结果：

  阮圆海大有才干，恨居心勿静，其所编诸剧，骂世十七，解嘲十三，多诋毁东林，辩宥魏党，为士君子所唾弃，故其传奇不之著焉。如就戏论，则亦镞镞能新，不落窠臼者也。(《陶庵梦忆〈阮圆海戏〉》)
  贾秋壑为误国奸人，其于山水书画古董，凡经其鉴赏，无不精妙。
  贾虽奸雄，咸令必行，亦有快人处。(《西湖梦寻〈大佛头〉》)

  阮贾之辈作为奸人，在江南民间的影响仅次于秦桧严嵩，可说全仗戏曲《桃花扇》《李慧娘》的传播。张岱是本可依仗亡国的沉痛而指桑骂槐或者借题发挥的，他却一笔带过。因为这亡国的沉痛一旦诉诸笔墨，就应该属于审美意义上的，张岱深谙此道。张岱的亡国之痛他不是哭出的、喊出的，而是要让后人自己品出。品出亡国之痛究竟还只是一张宣纸，精妙处是那几点淡墨。那几点淡墨在流连光景——有人性的精密——接下来进一步阅世，登堂入室，两人对坐，或一味家常，或天方夜谭，人性的精密甚至也尽可以免谈。
  《陶庵梦忆》之所以是《陶庵梦忆》，张岱之所以是张岱，全在于他个性化笔墨。张岱是明清小品作家中最知墨法的一位。最知笔法者,大约是钟惺。

湖上影子,惟长堤一痕,湖心亭一点,与余舟一芥,舟中人两三粒而已。

"一痕","一点","一芥","两三粒",这墨法活了,不滞不板,微微地晕化开去,"而已"两字又很到位,像凝住的神气和墨点周围结出稍深于墨点的墨线,也即水痕。墨无水不活。而在"舟中人两三粒而已"之前的句子,"湖上影子"可看作水墨的整体效果,"长堤一痕"是线,稍浓稍干,"湖心亭一点"是比"舟中人两三粒"稍大的墨点,墨色带湿,但比"舟中人"淡。"余舟一芥"的"芥",既可作线看,又可作点观,神出鬼没。"一芥"的"芥",微之又微,但是,焦墨。

鲁迅《野草〈秋夜〉》,有著名的一个段落:

在我的后园,可以看见墙外有两株树,一株是枣树,还有一株也是枣树。

"一株是枣树"是枯笔淡墨,"还有一株也是枣树"为湿笔浓

墨。"一株是枣树"用笔短促,"还有一株也是枣树"用笔悠长,又长又浓,不乏峭拔地拖出:

这上面的夜的天空,奇怪而高,我生平没有见过这样的奇怪而高的天空。

鲁迅与张岱都是绍兴人。绍兴这个地方像块焦墨,相比之下杭州就像一点淡墨。按照这个思路走下去,也就可以说鲁迅像块焦墨,相比之下张岱就像一点淡墨了。

而我把人想成几粒芥子,是浓不上又淡不下,迹近伧父。《陶庵梦忆》中有《张东谷好酒》,省略抄录于下:

余家自太仆公称豪饮,后竟失传。家常宴会,但留心烹饪。一簋进,兄弟争啖之立尽,饱即自去,终席未尝举杯。山人张东谷,酒徒也,一日起谓家君曰:"尔兄弟奇矣!肉只是吃,不管好吃不好吃;酒只是不吃,不知会吃不会吃。"二语颇韵,有晋人风味。而近有伧父载之《舌华录》:"张氏兄弟赋性奇哉!肉不论美恶,只是吃;酒不论美恶,只是不吃。"字字板实,一去千里,世上真不少点金成铁手也。

《舌华录》中的这两句,用的全是浓墨,浓得化不开,也就僵死。多读读这一段,能知写诗作文,墨有五色笔有八面。

灯下,《陶庵梦忆》《西湖梦寻》我重读一通,鸡叫头遍时刻,想起哪一位遗民画家的题诗:"墨点无多泪点多"。亡国之痛,其实是痛得层次多多。对了,"墨点无多泪点多",八大山人的诗吧,如果是八大山人,他的亡国之痛就是亡国之恨,张岱的亡国之痛,痛的不是亡国之恨,而是亡国之憾(这里的"恨"与"憾",用现代汉语作解)。也正因为是憾,《陶庵梦忆》《西湖梦寻》的墨就淡淡的,而流连光景不觉有年矣。不见沉痛,但知蕴藉。沉痛是种蕴藉,不明白这点,也就不能明白《陶庵梦忆》《西湖梦寻》的好处。

鸡叫头遍时刻,是白色的时刻,上床的时刻。这时候脑袋里往外溢的白色,既不是窗外有一角是平白的,也不是读《湖心亭看雪》的印象。上床前,还有点恋恋不舍,就把《湖心亭看雪》向睡意朦胧的妻朗读一遍,她惊了一下,抬抬胳膊。

朗读完后不料我顿生画意,随手一翻,不料又翻到附录在《西湖梦寻》中的李流芳《题雪山图》:

甲子嘉平月九日大雪,泊舟阊门,作此图。忆往岁在西湖遇雪,雪后两山出云,上下一白,不辩其为云为雪也。余画时目中有雪,而意中有云,观者指为云山图,不知乃画雪山耳。放笔一笑。

是云是雪，本不需多辩，就像是笔是墨，也不需多辩一样。"张岱是明清小品作家中最知墨法的一位。最知笔法者，大约是钟惺"这类话，在鸡叫的拱桥之上回头一望，真是多事。

李流芳放笔，我却拿笔画起两张小品。几乎一模一样，一张抄上《湖心亭看雪》，一张题上这么几句话：

舟一粒芥子／人两三粒芥子／西湖洒点／淡墨／／那是痴。看似不痛不痒／之间：大白天亮／／古人乘兴日常起居／他们不说文化／／二〇〇一年元月十五日／觉得干干净净的／还是身体／／上千年里的某刻／曾与几位朋友／走到断桥边／突然断了／／出神的墨淡得看不见／见老的青年时代／到杭州就到远处／不想想我们／／多情常跑前世作孽／墨淡得看不见

"曾与几位朋友／走到断桥边／突然断了"，这几句话倒是"史实"。二十年前，我与几位朋友游杭州，走到断桥，突然断了——当然不是桥断，断了的是断桥边凉亭上一根朱漆栏杆。当时冒出异样感觉，只是湖畔白糖桂花藕粉实在好吃，这感觉我也就没往心里去。

长安记

南方的春夜月色，一想起长安，就有想去搭乘一列火车的冲动。历史，是与人同在旅途上的。

长安，是记忆的城，想象的城。虢国夫人骑马而过，我背转身去，为了不惊奇于这美、这艳，也为了避开马蹄踏出的尘土。尘土直上酒楼，伙计们肩膀上搭着毛巾，眺望着柳树挑开的大路。一壶热酒温度离开壶身，退隐到不浓不淡的香气后去了。

酒香的长安。

花香的长安。

这香气缠绕一起，打出个心有千千结，长安是缠绵的，也是围绕的，围绕在一位诗人和一位舞伎的身体周围，使富贵也羡慕它。羡慕这酒香花香。因为酒是遇诗才香的，花也如此，见舞溢芬。芬香呀，历史有了点气味，革命才会动人。像本法帖，我嗅到墨花层层开来，幻化一阵雾气。雾气与白露，凝为茸茸霜毫，如撕开玉版笺时一抹不即不离的毛边。

小时候读唐诗，读到"云想衣裳花想容"后，才喜欢上唐诗的。抄录之际总会笔误，写成"云香衣裳花香容"。这一句诗给了我唐诗的气味，隐隐的香欲罢不能。

云香衣裳花香容，似乎浓丽了点；而"云想衣裳花想容"，想是像的意思。长大后我知道，就觉得一点也没意思。唐诗要小时候读，一知半解的，反而有味道。有了知识，就没有文化。说小点吧，诗歌。人是困难的，有了知识，就没有文化，但没有知识呢，也不会有多少文化。或者说文化是困难的。不求甚解，也就不破坏直觉，看来是悟道的一个方法。

长安，酒香花香。没有诗歌，也就没有酒香和花香。可以这么说，没有诗歌，也就没有长安。

前几年长安人心惶惶，说是要闹地震。如果长安消失了，对唐诗我们也不会像现在一样感到亲切。

很奇怪的，即使读到唐代诗人游山玩水时的作品，也觉得是在长安写的。有的唐代诗人一辈子也没到过长安，也会有长安气息。没有这气息就不能流传，或者说流传不广。我的乡里前贤沈亚之去过长安，和韩愈、李贺都有交往，但他的诗歌却没有什么长安气息，所以现在很少有人读到了。这是一种怎样的气息呢？

长安气息，我也说不清。

在这一个纷扰现世，有时我淡忘了。有时，比如在春夜月色之下，我会很强烈地感觉到它。它就在我身边，微微地呼吸。移动到我身后，脖子上就感到热气。

万户的捣衣声微淡下去。

一座粉色的城市。

一座黄色的城市。

也是一座白色的城市。

黄色：绢本长卷缓缓打开，托起和笼住水墨的那种本色。

长安，现在叫成西安。其实这叫法已很有年头了，但是我还喜欢说长安。这里有记忆，更多的是想象。

我去过长安，那是西安的一个县：长安县。那里有座寺院很有名，只是我现在忘记。忘了好，忘了才有想象，这寺院是黄色的，绢本长卷缓缓打开，托起和笼住水墨的那种本色。我和一位朋友去拜会果林法师。果林法师一直想收我这位朋友为徒，说他前世是个和尚。弘一法师就对人说过类似的话。果林法师不在，云游去了。果林法师这时已七十多岁。我朋友就带我去见另一位他似曾相识的和尚，这和尚也已有六十余岁，盘腿坐在炕上，面目慈祥。我以前见过一些和尚，都像威严的护法金刚。所以这和尚我印象很深。僧舍里光线黄黄的，糊窗纸是一些画页。桃子，牡丹，很生动的色彩，像民间艺人手笔。但有区别，其中有一份稚童的眼光。我一问，是和尚自己画的。极想索要一张，心想不妥吧，也就断念。

在炕上，我们坐了一会儿，与和尚说几句闲话。他的耳朵有些聋，我顿生敬意。一些疾病属于神启。林散之晚年手残，握笔方法与常人不同，书艺愈发精进。不是想生病就生病的，有些疾病只能是天才的印记。或者说疾病一不小心生成天才。疾病比制度更公允些，不会埋没天才，而制度却常常把天才扼杀掉。从僧舍朝外望望，觉得门外的寺院有点世俗。也的确有世俗色彩：大殿台阶下，跑着几只鸡。是附近农民家养的，跑进寺院。生命多么可爱，世俗如此喜人，不坐在僧舍里朝外望去，就不会觉得。这一觉，使我以为鸡也是经典。

尤其是大公鸡。生机勃勃的尾翎，嘹亮的啼叫。

许多年后想起长安，觉得长安公鸡，是在午后啼叫的：黄黄的光线洒落下来，洒落在桃子上，牡丹上，和尚聋了的两耳上。和尚耳廓上黄黄光线，仿佛法器边缘，一条浸透灯油的灯芯草，守望着最后到来的夜晚。

去一位搞文化古迹保护的朋友家吃饭，我找了半天，才找到。晚了，天色全黑下来。全黑的天色并不新鲜。像些宿墨。朋友的妻子有些不高兴，以为爽约。我怎么会呢，有人请吃晚饭。我特别想知道长安人关起门来，在家里吃什么。我对不同城市的家常吃法，都有好奇心。因为不同城市的饭店，都是相差无几的。我喝了一大锅稠酒，把主人喝呆，是他乡下亲戚酿造的，当然，不是在这个晚上，是在另外一位朋友家里。就是陪我去长安县寺院的，那座寺院，好像就叫长安寺。文物古迹朋友，送我上下两册有关陕西文物古迹的书籍，可惜不在手边，否则，可以查查。书的封面是暗绿色的，像柳荫下一碗荞麦浑浑噩噩。

朋友的妻子画国画，大约在一个画院里，业余还研究点民间艺术，收藏了许多民间工艺品。红红绿绿，仿佛在看京戏，置身在一个小小的戏院里，伙计们跑来了，酒香溢出了，花大朵大朵地开了，衣裳在舞蹈者身上飘扬了，和尚讲经天雨花了，鸡跑进来了……

她还收藏一辆纺车。

长安街头，纺车转动。如果长安街头真有一辆纺车的话，我以为这是长安城里最好的雕塑。古往今来的诗人们，坐在纺车前，喝着酒呢。

后来，我取道去了延安。我喜爱延安，一个原因，那里有纺车。不是收藏意义上的纺车，而是还在转动着的。《记一辆纺车》，这题目多好，可惜让吴伯箫捷足先登。所以说后人活得，不比前人合算。许多时候，后人要绕道而行。由此可见超现实主义是一种明智主义，绕开行走的长脚，发明疾奔的圆轮。这是另一篇文章了。

唐风微微吹来，南门一带，颇具唐风。伫立桥头，桥，是水泥桥，反正天黑看不清楚。灯是白纸灯笼，如宣纸初裁还没晕化酒壶和牡丹的暗影，但香气早透出了。四方灯形仿佛出土的一座座陶仓，尘土是美的。有了尘土，才有遐思。不远处的饮食店里，高悬着白纸灯笼，书空元宵的名字。

河水悠悠流出，城墙随着它滂沱。

夜晚的城墙，是滂沱的。在白天，则气势磅礴。这是我的感觉。城墙下有长长草叶，草多看了，也就如树。

元宵名字，山楂元宵杜牧的名字，玫瑰元宵李商隐的名字，名字好听。好听的名字，白纸灯笼风中绰约。

绰绰约约的南门一带，客居长安之际，我常去那里散步，在有月亮的晚上，在无月亮的晚上。桥头有一个烤羊肉串摊，在酒香花香之外，多了点肉香。肉香之中，游春回来的青丝上，暮雪簪满。

后来，我很少去了。河岸上发现一具男尸，是被猎枪打的。唐代没有猎枪。尽管人都要作古，但我不想不古地死去。死成捉月而去的样子，唯热爱生命的时代，才会赞美和诗意死亡。李贺穷困潦倒，死时却看见天堂的大门为他打开，召唤他去写文章。临终的眼里闪耀酒香花香，因为热爱这生命，生前的一切不幸也就随之化解。

天晴时候，我能看见著名的塔。塔顶灿烂，糊窗纸上画着一只桃子，微红的桃尖：淡入的香气，犹如茸茸霜毫。

一想起长安，即使身在北方，北方的春夜月色，我也有想去搭乘一列火车到风中，到风中长安的冲动。历史，是在旅途上的。到达的时候，就什么也不是。记忆，想象。一座粉色的城和一座黄色的城和一座白色的城。一座黄色的城，黄色，绢本长卷缓缓打开，托起和笼住水墨的那种本色。

长安，现在叫西安。

戏之言

　　楼下平房，像一捆又一捆扎得磁实的旧报纸，房顶上，紫的扁豆花，黄的南瓜。南瓜黄得不一般，柠檬黄叫"柠檬黄"，南瓜黄我想也尽可以称"南瓜黄"吧。扁豆的紫自然也就是"扁豆紫"了。就像人分好人、坏人、大人、小人、活人、死人、局外人、美人一样，个个不是人——由于每一个人的个性，使人这个概念很难成为具体的人……这当然是乌托状态。而色度比人性在我看来可能更丰富，也更个性化。所谓丰富，就是个性化。一个人有一个人样，一种紫有一种紫相，扁豆紫稀稀落落的时候，正是南瓜黄黄得得天独厚之际。邻居家的秋深了。

　　夏天，我能看到几个胖老头，打着赤膊，执着葵扇，站在平房前。我在楼上，视线只能看到这几个胖老头的上半身，他们有时候也膘子（不服气），但不会三清子（不随和），偶尔骂一句盖子（王八），但不会捅楼子（惹麻烦）——这算哪一门子？齐如山的《北京土话》露一鼻子。

　　我在楼上看老头，常会想起《北京土话》，这也就想起齐如山。齐如山对京剧八字概括，"无声不歌，无动不舞"，老艺人的经验都概括进去了。比如"千斤念白四两唱"，于唱之外对"声"重视，就是戏台上的"声"都要"歌"化。"无动不舞"也是这样。"歌""舞"是京剧基本表情，也是演员基本技术，同时又给观众提供欣赏门径。残荷漠漠，这八字像一只独出心裁的玲珑剔透的莲蓬，在苦心经营之处。但齐如山有一次对梅兰芳《汾河湾》的建议，我却不以为然。

　　谭鑫培的薛仁贵在窑外唱一大段时，梅兰芳的柳迎春坐在窑内，脸朝里休息。薛仁贵唱半天，柳迎春一概不理会，俟薛仁贵唱完柳迎春才回过脸来答话。齐如山认为这样美中不足，甚不合道理，他要让无动于衷的梅兰芳动起来：

　　"家住绛州龙门郡"，听此句时，不必有什么大表现，因为他就是假冒，他也一定知道薛仁贵是绛州人……

　　"薛仁贵好命苦无亲无邻"，听此句时，不过稍露难过的情形，点点头便足，因为他说的总算对……

　　"幼年间父早亡母又丧命，撇下了仁贵受苦情"，听此两句，只摇摇头，表现替他难过之意便足，因此事自己并未目睹，不会太难过也。

"常言道千里姻缘一线定",听到此句时,要表现大注意的神气,因为他要说到的话,与自己将有关系了。

"柳家庄上招了亲",听到此句当然要大点点头,表现以为他说的对,但最好要有惊讶之色……

……

"夫妻们双双无投奔,破瓦寒窑暂存身",至此才大哭……

齐如山这一建议,不像京剧,倒像导演话剧。现在话剧也不这样演了,前几天看人艺《雷雨》,有一场戏中鲁妈向隅而立的样子,很有京剧味,或者说戏味。齐如山当然有齐如山道理,他说"从前的老角则不如此",演这一段不是无动于衷的。这恰恰是京剧没有成熟时的表现。"花雅之争",就是"花部"自己也在争,经过撕咬、变革、流传、散佚,"花部"中的几枝花杂交出新品种——京剧。京剧不是地方剧目,京剧是地方剧目的混血儿。正因为混血,代数越前,某个地方剧目的遗传基因就越明显,"从前的老角则不如此",只能说某个地方剧目的遗传基因还没有在从前老角身上完全变异。齐如山对梅兰芳《汾河湾》建议,加强的是"剧",减弱的是"戏"。而地方剧目常常是"剧"的成份大于"戏"的成份。许逸之说:"戏剧之中,只可无剧不能无戏。所以戏与剧两个元素中,戏是比较基本的元素。戏剧不可以无戏,只可以无剧,正像元宵之不可以无皮只可以无馅。"许先生《怀梨偶寄》全书,我没见到,上面摘抄的,抄自《艺坛(第一卷)》。他把"戏"与"剧"分开来讲,很有意思,支持了我的想法:从"剧"到"戏"是生活逐渐被艺术化的一个过程,"剧"是想描写生活的真实(的愿望),"戏"是想表现舞台的艺术(的理想)。"戏"在"剧"的基础上发展,其源流关系应该是"剧戏",现在说"戏剧",源流关系颠倒了。或者说原义已不重要,因为也在变化,发展。钱穆有过这样的讲演:

在《三娘教子》一戏中,那跪在一旁听训之倚哥,竟是呆若木鸡,毫无动作。此在真实人生中,几乎是无此景象,又是不近人情。然正为要台下听众一意听那三娘之唱,那跪在一旁之倚哥,正须能虽有若无,使其不致分散台下人之领略与欣赏之情趣。这只能在艺术中有,不能在真实人生中有。这便如电影中之特写镜头般。

《汾河湾》中薛仁贵唱半天,柳迎春一概不理会,也是这个道理。起码这点上,齐如山对京剧的理解,没有钱穆精深。

梅兰芳是位谦逊好学的大师,他接受齐如山建议,果真在谭鑫培唱时动了起来,虽然受到观众欢迎,但这差不多是"洒狗血",把谭鑫培气得——这算哪一门子?

谭鑫培《汾河湾》我无缘听到,近来找到他"七张半"(唱片复制件），真令我喜出望外。听了"七张半"，才知道余叔岩为什么不称自己是"余派"，而是"谭派"。不是说他们没区别，相反，这种区别还很大，是一种意趣上的区别，可谓似是而非，貌似是，神而非矣……北方的原野上，麦子青青，一片麦叶一柄青锋，明月底下霜刃未拭，因为君在路上……谭鑫培把麦子磨成面粉，余叔岩将它做成点心——午后寻章摘句，笺注在青花海水龙纹盘里的精美点心，就是余叔岩的唱。

还有唱词的微妙改动。《打渔杀家》里，谭鑫培这样唱：

> 昨夜晚吃酒醉和衣而卧，
> 架上鸡惊醒了梦里南柯。

而余叔岩：

> 昨夜晚吃酒醉和衣而卧，
> 稼场鸡惊醒了梦里南柯。

改动两字，虽只两个字，就可看出意趣的不同。"稼场"比"架上"雅气得多，余叔岩在使京剧文人化。或者说谭鑫培是"剧"——生活气息更浓一点；余叔岩是"戏"——艺术况味更多一些。

"戏之言",我边写边听言菊朋的一盒磁带,其中就有《汾河湾》。原本是想写写言菊朋的,但听着《汾河湾》,想起齐如山与梅兰芳的事,岔了,结果又写岔了,看我能不能从岔路回来。这篇随笔开头——其实非言菊朋莫属。

楼下平房,像一捆又一捆扎得磁实的旧报纸,房顶上,紫的扁豆花,黄的南瓜。扁豆紫稀稀落落的时候,正是南瓜黄黄得得天独厚之际。邻居家的秋深了。我回忆着扁豆花,想把它画出来。扁豆紫——这种紫色个子小小的,但一点也不委琐,相反还很自负,还很高贵,不由人想起言三爷言菊朋了。尤其此刻又听着他的磁带。

言菊朋的唱腔像一只陶瓶,里面插着枝梅花,这枝梅花是墨梅,渗出故国泪痕。他是自负的,但这自负中透着凄清,天凉好个秋呵。他早年学老谭,不但唱腔上学,行为上也学。谭鑫培卸装后穿便服,因为年老缘故,系扣子的手难免哆哆嗦嗦。言菊朋系扣子,也学着哆嗦。余叔岩给言菊朋取个绰号"言五子"——小胡子(髯口稀薄),小袖子(水袖窄短),小鞭子(马鞭细小),洗鼻子(谭鑫培喜欢闻鼻烟,鼻孔两边抹得黄黄的,上台前就要洗洗干净。言菊朋不闻鼻烟,但他在扮戏之前,也要像谭鑫培一样洗洗鼻子),还有一个就是,装孙子。言菊朋听余叔岩说他装孙子,起先恼火,随即哈哈大笑,对在一旁的奚啸伯说:

"余叔岩真怕我。"

奚啸伯不解,言菊朋解释道:

"余叔岩这样骂过谁?谁都不在他眼里。他这样骂我,是觉得不及我,就只能骂了。"

言菊朋与余叔岩的恩恩怨怨,对我们而言,则是赏心乐事——酒足饭饱之后谈起,很是提神。老生常谈。老生中我最喜欢的是言菊朋、余叔岩、奚啸伯。早先还有周信芳。周信芳斩钉截铁。后来还有杨宝森。杨宝森光明正大。

言菊朋票友出身,他下海与梅兰芳有瓜葛。上世纪二十年代初,梅兰芳去上海演出,缺个老生,就把言菊朋邀上。言菊朋那时在蒙藏院正要被提升为科长,他放下前程,跟着梅兰芳去上海,一炮打响。有戏迷给言菊朋送来一副对联:

上海即下海

无君更有君

过去票友登台,戏单上会在姓后加个"君"。下海了,去掉"君"字。

梅兰芳对言菊朋说:"你红了。"

言菊朋很纳闷:"这就红了吗?"

命呵!下海后的言菊朋嗓子坏了。运呵!嗓子坏了的言菊朋化短为长，自创新腔。只是在当时保守的北京城里，言菊朋被视为洪水猛兽。其实还不仅仅保守，主要缺乏文化。只有缺乏文化的地方才会保守。或者说文化枯竭了，就变得保守。

从此，言菊朋走在一条深秋的凄清的路上。他的两边，白杨树倒是萧萧的。

白杨树上的叶子，落得差不多了。"戏之言"也该结束。有关言菊朋——他的唱腔，他的生平，像是追忆，在追忆一个朝代，美，年华的成长，衰败，消失，最后是消失——我才开个头。

在园林梦游

　　这些日子的荒芜,凭什么就是故乡呢?在园林,虚拟和梦游,索取虚拟——进入现实法门:梦游,山洞里的我发现几颗果核,一二三,三四五,组成残花之形。或许怒放的花一点点坏死,终究是傲慢的。古代也没什么好吧,躲进山洞就能明白过来:它仅仅是坏死的现代而已。给残花之形命名,可以入定,我说它们七姐妹。

　　七姐妹,蔷薇科藤本植物,花深红,复瓣,因花每六七朵簇生,所以是七姐妹。我说它们七姐妹,但它们不喜欢七姐妹,我就重新命名:垂丝海棠花梗细长,像在钓鱼。老鼠斑。

　　山洞外正开花的马褂木。

　　学会观看果核,既然不是桃核,也就不是杏核,颜色红玫瑰的颜色,用手轻触一下,果核已烂,但比刚才更加红玫瑰,也就说艳丽,之所以艳丽因为腐烂。腐烂对我威胁,艳丽成为山洞敌人:烟雾缭绕,我跑到洞外。阳光雪白,白的还有太湖石。这个山洞是太湖石堆叠而成假山上的一个山洞，这座假山不大，只有一个山洞。从山洞外面看山洞，想不到如此峭拔深静。深。静。山洞北面有亭，亭北有树，一株大榆树，大概树是一株大槐树，而我能够看到以前那棵银杏。我曾经在那棵银杏下面上班十年。

山洞外正开花的马褂木，而我知道，要不了多久，园子里的白樱花凋谢，也要不了多久，结实有一滴泪大。我在假山中转悠，毫无若干山林气——两棵老蜡梅还算疙疙瘩瘩，像我此刻这么开头：

园林就是梦。大梦，小梦，美梦，恶梦。大泡泡，小泡泡，白泡泡。有种紫荆白花，开出一串串白泡泡。园林有时候也的确是个恶梦，让主人倾家荡产，让主人贬谪流放，福报太薄，消受不起春花秋月绮户朱阁？以前我对朋友说有机会园林住上一晚，他说不行，夜晚的园林很可怕，阴气太重。所以就有闹鬼传说。我先略抄一段文字：

吾家附近之拙政园，为邑中名胜之一。余好其无狮林之俗艳，无惠荫花园之萧索，无留园之富贵气。园中亭树池木，皆疏朗有致，秀而不丽。抗战前，每年初夏，荷花将放，园丁设座售早茶。余贪其近，每日晨兴，必披衣夹书而往，向园丁索藤椅坐下，在晓色蒙蒙中，听蝉嘶，把清香，近午而归，习以为常。父老相传，云太平天国时，忠王李秀成设行辕于此，杀戮甚惨，至今有鬼，但未闻有人见之也。民国十八年夏,某日,与同学同往,俞君携照相机,坚欲摄影。择见山楼东之高亭下,踞石临池,余为之揿机。时约六时左右,云气未开,光线甚暗。先后共摄六帧,交观前柳林照相馆冲洗。翌日往取,店员云底片已损坏一张。余素不善摄影,欲一看坏至若何程度,店员面现难色。顿起疑窦,询之再三,始云因底片上发现鬼影,恐增君等之不快。因是益奇。店员乃吾等素识,务要一观,举日光下照之,见两人之左傍石上,坐一人,御棉袍,戴瓜皮帽,面目朦肿,依稀难辨,自头至足,直如木片,了无人相,不禁兴悚然之感。反复思索,终不明其因。(转引自袁殊《拙政园记》)

听朋友说,艺圃值班人,一位无神论者,他常常听见池塘边女人夜哭,延光阁里的桌子椅子蹦蹦跳跳。太平闹天国之际,有一百四五十名苏州女人集体于此自溺。有一次黄昏,雷雨之前,我在艺圃香草居里突然头皮一阵阵发麻,的确是什么感应。又听朋友说,听枫园值班人辞职了,闭园后他总能看见一个女人。

江南文化飘动着鬼影。这鬼既是灵感,也是创造力。现在这个鬼越来越淡,江南也就开始衰弱。而北方,神却多了起来。装神弄鬼——黄河流域是装神的地方,长江流域是弄鬼的所在。现在,硕果仅存的鬼都在园林之中,说明江南的环境、氛围极度恶化,只有园林还有一点过去记忆。园林是鬼的家园,灵感与创造力的山水间。

我会斑斑驳驳的。文章斑斑驳驳才好看。斑斑驳驳一是天机，一是人力。文章还是人力，我是人力车。

我去一个时代最后的园林，它建在尚书旧址——园林讲究风水，凡留存至今的园林，不能不说与风水无关，有名园的地方，一般有好风水。他父亲在外做官，他儿子在家造园，每设计一张图样，就用快马传递给他父亲，他父亲一一校订，说假山要学某某园子里的，水池要学某某园子里的，亭台要学某某园子里的，儿子就去学。一个国家的历史太长，后代只能用仿造替代创造。我坐在太湖石上看花，阴天像一个水池：我看到镜子。

镜中山，树，亭，和当代的俗——笼灯红的挂悬处到些那。游廊里的书条石也是当初的红灯笼——多就是俗。李白有些俗，因为才华太多。"为什么叫米帖啊？"游廊里两人相拥，这女人的声音娇如粉蝶。平生最大遗憾就是没有在园林梦游之际遇到美人。古典美的女人在园林里出现仿佛鬼魂；摩登美的女人在园林里出现好似卡通。所以我觉得园林与当代女人的关系比与当代男人的关系更为尖锐，或者说格格不入。女眷们在中国古人的意淫下聚会，她们坐的椅子上不设扶手，便于偏坐？我们的伦理是女人要学会偏坐男人要学会正坐。还是便于男人依红偎翠？这馆内的几把椅子黯淡着情色意味。鸳鸯厅内,今日归来如昨梦,自锄明月种梅花,中国隐士一日兼作两日,狂倒也不一定狂,鸳鸯厅是这里的主要建筑,一分为二,南半厅为梅花厅,北半厅为荷花厅,"为什么叫米帖啊?"这句话还绕我耳朵,游廊里已烟消云散。书条石上米芾叫喊:

得官尘土古扬州,好客常稀俗客稠。

谁不是俗客?梧桐清寒,但凤凰喜欢栖止,凤凰就是梧桐的俗客。龙,麒麟,凤凰,都是历史上的俗客,正因为俗,所以能一俗至今。

我又坐在太湖石上看花,无一块石头不在听琴:琴就是弹给石头听的。操缦者无心,听琴者无情,所以前几年鸳鸯厅里那一盆浓紫瓜叶菊解颐鬼气。无情毕竟太硬,我就换坐到藤椅,醒来了,红山茶果真红,五瓣之间,自然是蜜蜂的遯窟。白山茶白也辛苦。

天生一对,哈哈。

枇杷园内铺地呈冰裂纹:冰裂纹,传统碎片。苏州刺绣里有一种冰裂纹针法,装饰性强却不乏高古。陈老莲的绘画是高古却不乏装饰性。巨大的枇杷核在破,在旋,在漾,在转。这一块铺地像是梵高笔法——在中国古典园林铺地发现梵高笔法,真是活见鬼了。

牡丹花下,有天无法。

圆洞门上"别有洞天",洞外一树白碧桃花上,仙人浓妆,在梦游中摇身为淡抹的闲人。而闲人内心华丽，可谓隐形浓妆。唐宋人的内心浓而淡，明清人的内心淡而浓。留存的园林大抵皆是明清风格，也就越看越浓，终于浓得重彩，水墨在哪里？或许只在圆洞门上：水光在圆洞门上的磨砖间晃动，弄出黑黑白白，倒也洒脱。出"别有洞天"，水廊与经幢。水廊罗带，经幢玉簪，这么一看，就有言情小说的味道，可以虚构男欢女爱了。"欢"这个字，真是绘声绘色。三十六鸳鸯，望之如铺锦，却也乡气，仿佛品名"皇冠"的白瓣红边杜鹃花。后来不知道怎么地我就到与谁同坐轩，与谁同坐，苏东坡"清风，明月，我"，我是——这个园林夜里不开放，明月难见。太湖石仿佛待开的牡丹，一瓣卷裹一瓣，层层叠叠，往虚无中绘影，绘影最美的，尤其能在虚无中绘影——壁上衣褶振动，灯火摇摇，我要到楼上去。但我还是坐在轩内细读对联：

江山如有待，花柳更无私。

杜甫诗句。另一个版本"花柳自无私"，"自"比"更"蕴藉。这副对联放在这里不好，气息上不是虎头蛇尾，而恰恰蛇尾虎头。园林里江山偏小，花柳又偏大了。我什么时候能够语无伦次或者出言谨慎？不替古人担忧，但替古人寂寞。看着水廊上漏窗中的花影，似乎"腰缠十万贯，骑鹤下扬州"，福禄寿俱全。"腰缠十万贯"

是福,"骑鹤"是寿,"下扬州"是禄,扬州不是现在扬州,是当时建康,也就是现在南京,为南朝京都——"下扬州"就是到建康做官,江山如有待,大展宏图,一点意思也没有。园林之中官气并不少于文气,了解这点方能谈论园林。我不了解,我思故我梦。只是连梦也常常没有,因为有梦,首先要能睡着。

云墙:凌波不过横塘路但目送芳尘去锦瑟华年谁与度月楼花院琐窗朱户只有春知处碧云冉冉蘅皋暮彩笔新题断肠句试问闲情都几许一川烟草满城风絮梅子黄时雨。

住宅是诗,园林是诗余,也就是词。

小院名潭西渔隐。隐于院子角落的一泓冷泉,隐于太湖石,隐于药栏。岛屿在湖面上棕黑一横,远望中人是孤独的,渔翁的形象披着蓑衣,蓑衣里什么也没有。我慢慢抓住我的视线,刚才不是我的。我看到屋宇线条:排列有序的直线,削干净物欲,露出笔芯,但也没什么值得书写。游廊里五扇漏窗,一方,一六角,三圆。要连中三元?方在北边,六角在南面,中间是三个圆。如此排列,有视觉上的趣味,到底什么趣味,当初说不清,现在更不能言传。我们总是高估自己的表达能力,写作最后成为强说。我现在毫无感觉。因为我已厌倦感觉。我不能摆脱我的厌倦,一个现代人不需曾经沧海就已厌倦,兴致勃勃无非内心加深——庭院深深深几许?懒得知道。

屋宇是排列有序的直线，游廊正把一条斜线走着，似乎可以走出小院，一直走到水里。游廊还是游客？坐上露台，看磨砖门外的潭水，春风吹皱倒影。从我所坐位置，其实看不见潭水中的倒影，凡潭水皆有倒影，并不在乎我的看见或看不见，而皱与不皱既是天工也是人力。不说也罢，顺着游廊走，往南能够走进假山；往东能够走进潭水。去山上炼丹，去水下怀沙，求生找死是一个人都需要的梦想。求生和找死互为倒影，过尽千帆，皆不是因为时空之中飘动只是千帆的倒影，船在时空之外。

　　潭水已到磨砖门内，铺地花痕，有何意思！

　　眼睁睁看树长大，我在附近，面壁亭前白樱竟把落花散满水面，一个园林管理工人站在千篇一律的小船上，用网兜把落花当作垃圾捞掉。矿泉水瓶。易拉罐。塑料袋。渔翁。吃饭时间。早饭。中饭。晚饭。一天。游廊里的纸灯笼仿佛过于松弛的乳房。

　　在吃饭的时间里喝茶，大概，这就是风雅吧。

　　另外的亭子，就是另外的视觉。我看着亭子内东北角梁柱间的水光，如动如静，若明若暗。本身它是动的，却像静的；其实它是明的，却像暗的。还是静，还是暗。园林的灵魂在于静，也在于暗。这简直是中国艺术的灵魂。话又说大了。继续看亭子内东北角梁柱间的水光，它是一段诗意不可捕捉，形成文字，只能刻舟求剑。不信任感越来越浓，怀疑竟成现实。亭子面水一面没有亭柱，不妨碍人们观景,水,石,对过的游廊,浮动的植物,白,灰,绿,青,朱,绿,白,灰,朱,白,灰,朱,白,绿,青,白,灰,灰,白,绿,绿,青,朱,白,青,朱,白,绿,朱,灰,青,白,白,青,朱,白,灰,绿,白,灰,绿,青,朱,白色,灰色,绿色,青色,朱色。白色灰色绿色青色朱色。

有时候有妨碍反而无妨。

视线起毛,不那么光洁,却有厚度——是厚度增加不确定感。越不确定,越有魅力,越有厚度,这话又绝对。绝对之艺术。

这是古人书斋,当初就这等陈设?现在陈设明式家具,结构上是虚怀若谷的惬意,而往另外地方一想,明式家具尤其明早期家具,都有禁欲色彩。明代的园林也是如此,从艺圃可以看出一点,从文徵明拙政园卅一景图上可以看出一点,拙政园卅一景图有一景为得真亭,跋文如下:

> 得真亭在园之艮隅,植四桧,结亭,取左太冲招隐诗"竹柏得其真"之语为名。手植苍官结小茨,得真聊咏左冲诗,支离虽枉明堂用,常得青青保四时。

看文徵明拙政园卅一景图的印刷品,得真亭就具有禁欲色彩,而不是质朴。跋文是"植四桧",图片上却有五棵树,还有土坡和竹篱。

那多出的一棵树不知道是构图的需要——打破二二平衡，还是原先就在那里。造园对老树极其重视，不敢轻易砍伐。即使是拙政园卅一景图中的蔷薇径，仅仅是这名字香艳，营造法式还是禁欲的。所以艺圃有一种内敛的美。现在要看苏州内敛的美，大概只在艺圃。

我在古人书斋中稍立片刻，门窗回凹，领略得到心思，只是心思也是澄江一道，真个是窗明几净，以至于如果读张岱的小品会觉得偏淡，读徐渭的诗文又觉得太响，只有读《金瓶梅》。这书斋里的家具是禁欲的，建筑所传达出的氛围也是禁欲的，《金瓶梅》也是禁欲的。所有文字如果臻之上乘，本质上都禁欲。纵欲的是图像：比如《金瓶梅》插图。图像与文字的区别：图像难逃纵欲命运，即使八大山人也是如此。所以画家喜欢美女而诗人更能体会女人的美。书斋外面是芹庐，或许这芹庐本就包括书斋，到芹庐的路有四条，两条是山径，一条是水道，一条是室内。大概是这四条路，我已记忆不清。从山径到芹庐，仿佛采药归来，艺圃里满是白云；从水道入芹庐，有钓罢归来不系船的萧散，会把森森草木看作瑟瑟芦花；而从室内进入芹庐，自然是私通了，我捉摸起古人的好处。芹庐里有药芹的气息和水芹的气息，买卖西芹的人如今这里出没：浴鸥，射鸭，斗鸡，缺斤短两，共度好时光。

我走出游廊，在天井里休息，猛听到隔墙邻居泼水，那里肯定有一口井，意思终究是不可言传的。

园林与住宅关系为偏正结构。它的住宅在北面，因为住宅是正，况且现在不住人，所以空洞无趣，觉得被暗淡的水淹到胸口，我就划入园林——一墙之隔，通过磨砖方门。我先看到水阁，水阁上暴露的窗户竟然好像紫红色泳衣，池塘微微水印出肌肤。水阁是这一座园林障景，障景要隔而不隔。也就是境界，不是隔，也不是不隔，隔而不隔。拿唐诗作例子，李贺难免隔，白居易难免不隔，隔而不隔李商隐。如果有机会在园林里读李商隐无题，才是人生华丽。华丽好啊，哪怕华而不实我也喜欢——为什么要有结果！从植物学角度看华而不实，往往更具观赏性。人生缺乏观赏性，等于井中没有月色。

坐在水阁，看到三块石板没入水中，其实是三曲桥贴在水面，与倒影吻合。想象石板上有隐隐苔痕，天边有盈盈雷声，雨中游园可能更好，完全一幅水墨画。阳光灿烂，不像油画，也像水粉，气息总不够散淡。波光粼粼，水色在水阁内的望砖、椽子和窗棂上晃动留白，看久了，就看出人生如梦的意蕴。南面湖石假山上光线断开，蹬道幽暗，人也散去，古静起来。而矶边一株红枫太红，红得像红娘，虽然未尝不见得娇嗔，丢到水里，也能够是好的故事。设想从前园主独坐水阁，看对面山景，看不到一个人，也不能有一个人，多美。美在人少的地方，甚至无人。

在半亭见到一块二尺二寸见方金砖，上面刻满"到此一游"，人都有雁过拔毛的冲动，芦苇瑟瑟，两地书写不成。园林原来一家一户独居，主人兴致来了，方去园子看看走走。它不是游乐场，现在几乎游乐场一样——我看着一班人马攀爬单点太湖石，爬到上面留影，像与唐老鸭、米老鼠留影。

造园的时候，好石头要独立一处，以前术语叫"单点"，现在称为"孤置"。不论单点还是孤置，它说出园林的秘密：傲慢。园林是傲慢的，只对知己言语。

这一班人马又跑到假山上去打闹了，假山制式是大假山以土为主，小假山以石为主，近看起脚（山脚），远观收顶（山顶），园林方面只知道卖门票，普及工作做得太少，以致游客进园之后不知道如何欣赏，只能打闹了。分田分地真忙，反正是抢来的，就这么着吧。没有私人，就没有园林，换言之就是园林之所以美正在于它首先是私人财产。

我从长窗看到后面假山，假山上树色竹色，有亭翼然：它欲飞去？人间的嘈杂比人间的苦难更是难以承受。即使在园林梦游，也不成了。我就走进游廊。游廊似乎连着楼阁窗户，窗户格心在遣词造句中变化，起先是户牖柳条，后来是柳条变井字，再变杂花，映着后院苍白色房子上的冰裂纹窗户，闻到妙香，闲吟起前人诗句：

阳光在花影里疏散

檐下的暗绿

后来想起这是自己写的,也就没有闲吟下去。

于是我又去复廊看阴影——复廊粉墙上有一幅幅水墨画。何谓复廊?就是游廊中间隔以粉墙,开出漏窗,可以在两边观望。说是欣赏复廊,还不如说是欣赏复廊里的粉墙,西边的残阳斜照过来,东面的漏窗显得更暗了,原先漏窗里光鲜的景致开始暧昧。暧昧在艺术品位上,高的。

那些阴影越来越淡,最后消失,好像融进粉墙之中,粉墙一片灰色。而水榭边的白皮松由于高挺竟然明亮如银,这怎么可以!

我在复廊栏杆上坐一下午:四点半粉墙上的阴影像山水画,五点半粉墙上的阴影像三叶虫化石。

漏窗间或多或少的红粉——残阳如红粉,知己镜中人,我是我想象的女人,我以自己为知己,这怎么不可以!

在西边看漏窗,漏窗是暧昧的;在东面看漏窗,漏窗是直白的。但东面漏窗终归及不上西边漏窗好看,因为没有阴影。

粉墙上的阴影来自于几棵桂树:我想起我在另一个园林里的梦游。

从游廊的八角空窗里望绿荫轩与明瑟楼，一门怀一门，一窗抱一窗，大有中国盒子之感。

现当代散文很少写到园林——它是另一种语言与素质；类似遗民。晚清以降五四之前的文字之中，园林或多或少像是照相馆布景：那些人儿原形毕露。我的梦游该结束了，已经不是梦游，而是说梦。网师园凌霄花盛开，记得我曾经见到一床白猫卧于凌霄花下，竟然生出恐惧，那年，我在个园，当我走近，它雍容华贵地转过头来，眼睛里鼓荡邪气。许多园林都像这一床白猫，卧于凌霄花下，或者太湖石边，它雍容华贵地转过头来，但我没有看到眼睛——它的眼睛已被墓葬。

前几天我在拙政园，从倒影楼望宜两亭，它们是所谓的对景，隔着水廊池塘经幢湖石假山，宜两亭像只鸟笼：精巧，但也庞大。

我几次想起另一只鸟笼，明天要去看看它。梦游的确结束了。

在古琴梦游(上)

1

古琴像一个黑色的庭院。我对音乐毫无理解,对乐器略有感受——它们的形状偶尔吸引我。妹妹幼年学习琵琶,有位老先生每星期传授一次,《春江花月夜》《十面埋伏》;只是挂在墙上的琵琶煞是好看,宛若小头美人,臀部大大的,旁边有扇木格花窗,望得见荒地上的野杨梅树。或许野杨梅树好看。

顾老先生是位昆曲专家,他父亲把祖传园林捐给地方政府,以致顾老先生的昆曲传习所找不到栖身之处,他卖掉所剩不多的过云楼书画,租下园林中的一个院落,有时还拿藏品送礼,言下之意"高抬贵手"。一次他让人送副对联给某人,某人不知道状元手笔,不要;后来某人知道赛金花是这位状元的小老婆,就过来索取,顾老先生大概觉得俗了,死活不给,宁愿让某人利用职务之便专找昆曲传习所的麻烦。除昆曲传习所外,顾老先生还做成个中国乐器博物馆,我就在那时看到古琴,在大堆奇形怪状的乐器之中,不失中正平和。

直到我在网师园的黄昏看到柔弱的带水汽的姑娘在月到风来亭放下一张古琴后倏尔不见⋯⋯月到风来亭里有面镜子,好照水中月,现在,好照这一张古琴——不断流失并不是时间似水的缘故——镜子还照着粉墙上晚霞强颜欢笑的残红。是不是我真在网师园看到如此美景,已不可考。

古琴像一个黑色的庭院,夜深。我初听管平湖先生,觉得夜深了。我有两张管平湖先生CD,竟然听出管平湖先生的变化——风格上的变化或曰境界上的变化,风格变化往往也是境界变化。它们有长×宽×高。

夜深是管平湖先生的入神,他在弹奏中,我听出三种境界:夜深人不静;夜深人静;夜深不见人。

所谓"夜深人不静",管平湖先生指下有不平之气,我喜欢上管平湖先生,首先这点。不是说有不平之气就好,不平之气甚至很不好,因为不平常常会走偏锋,而一走偏锋难免穷俭。管平湖先生的绝妙之处是不平但又笔笔中锋。

"夜深人不静"之际的管平湖先生,可以叫管不平湖先生。但他并没有因此夸张。

有关管平湖先生指下的不平之气，我把苏东坡的一段文字拿来比喻：

凡人文字，务当使平和。至足之余，溢为怪奇，盖出于不得已也（《与黄庭坚》）。

管平湖先生的不平之气盖出于不得已也，而王维"独坐幽篁里，弹琴复长啸，深林人不知，明月来相照"，不妨拿来做"夜深人静"的插图。

所谓"夜深人静"，陶渊明有诗《答庞参军》："衡门之下，有琴有书，载弹载咏，爰得我娱。岂无他好，乐是幽居，朝为灌园，夕偃蓬庐"。拿出几句，"夜深人静"：

夕偃蓬庐，有琴有书，岂无他好，爰得我娱。

中国艺术有种"夕"的调子，也就是傍晚色彩，深奥就深奥这里，它是凹进去的。西洋艺术用三个字概括，"凸出来"。

所谓"夜深不见人",就是"夜深不见人"。大概说不得。

基本是与生平平行的。早年——"夜深人不静";中年——"夜深人静";晚年——"夜深不见人"。这当然凭想象,所知甚少。"夜深人不静"和"夜深人静",一般艺术家也能做到,而进入"夜深不见人"的堂奥,就不仅仅性情与功夫了。

古琴像一个黑色的庭院,也可以说管平湖先生像一个黑色的庭院,在管平湖先生指下,声色有黑之美,黑的,暗的。后来我听到吴景略先生 CD,他是白的,白和亮的。

2

"租赁期限"。我在电脑上连打"竹林七贤",结果打出"租赁期限"。快到期的是什么呢?拿着生死合同。星光跳跃。风。树梢上的暗。如此自负。花流年。食客。镜子哦井水,藤。

"竹林七贤"这个题材我画过几幅,有时候我把他们画成七块石头;有时候我把他们画成七条虫。没甚么深意,我不会画人。说不会画人也有点借口,毕竟练过童子功:画素描,石膏像,人头。还是我不喜欢画人的缘故吧。(2002年诺贝尔文学奖获得者匈牙利作家）凯尔泰斯·伊姆莱在《另一个人》中写道：

> 我们不喜欢活着。我们不高兴活着。

这话听上去刺耳，实在中听。凯尔泰斯·伊姆莱的小说不怎么样，这本随笔册子却是极品。我为什么把它写上，因为听《长清》这首琴曲时，想到这两句话。《长清》据说嵇康所作，加上《短清》《长侧》《短侧》就是《嵇氏四弄》。到底是不是嵇康所作并不重要，即使有没有嵇康这个人我看也不重要——他已成为符号，就像中秋节（阴雨）没有月亮也并不能减弱月亮在中秋节的意义，嵇康就像月亮（王夫之在《船山古诗评选》中说："而清光如月，又岂日之所能抑哉"）。都说《长清》描绘的是雪，我却听出月，月色。雪太着痕迹，月色留影却不可捉摸。我竟然还听出"我们不喜欢活着我们不高兴活着"——但既然我们还暂且活着，那就不妨喜欢活着高兴活着。正因为有"我们不喜欢活着我们不高兴活着"打底，所以这喜欢活着高兴活着究竟是一份从容和不羁。这也是我听《长清》时候听出的。法国作家安德烈·马尔罗说：

> 我们（西方人）与艺术最深刻的关系离不开我们与死亡的关系。但这是一个秘而不宣的关系，是有待发现的关系。而在你们国家（日

本),不存在这个。日本把和谐放在死亡的对立面。(《反回忆录》第五部之二)

只是我听管平湖先生《长清》之后,就不太同意安德烈·马尔罗的说法。我们与艺术最深刻的关系也没有离开过死亡,与西方人相比,更是一个秘而不宣和有待发现的关系。我们也没有把和谐放在死亡的对立面,而是在死亡中寻找和谐——庄子出世、道家养生,它的基础就是对死亡的深刻认识。只是比西方人洒脱,绵里藏针。

我在前面写道:"我就在那时看到古琴,在大堆奇形怪状的乐器之中,不失中正平和",也就是说那时古琴的形状还没有打动我。其实"中正平和"四字,是我对记忆的修正。我现在一步步退回去,这样或许更接近我当初感受:

我就在那时看到古琴,在大堆奇形怪状的乐器之中,不失个性。

大概我在潜意识里已经感受到死亡的象征。死亡是最有个性的,因为看上去像抹杀个性。多年以来,我想起古琴,就会幻觉为一具精美的棺椁。只是近来听到管平湖先生,才发生比喻上的变化:

古琴像一个黑色的庭院,夜深。

但其中还是有死亡的象征。

古琴不会死亡,古琴文化已经死亡。管平湖先生是它的送葬者,也是陪葬者。现在只有古琴表演艺术。

昆剧、园林也是如此，死是死不了的，但作为文化——已经在文化上死亡了。昆剧文化死于清初，园林文化死于清末。古琴文化呢？古琴文化死于一九六七年三月二十八日。

嵇康被杀头，这一杀，杀出传统文化的完美、圆满和功德。如果嵇康不被杀头，那可要让后人抱憾终身。

管平湖先生是落魄的，管平湖先生不落魄，就像鲥鱼无刺海棠有香。鲥鱼的美就在于有刺，海棠的美就在于不香，管平湖先生的美就在于落魄。

3

我对管平湖先生的兴趣或者说对古琴的兴趣源自管平湖先生的《流水》。

《流水》可说古琴曲中名声在外的一首曲子，我这个不喜欢音乐的人也早耳闻，以前听人演奏，心想这就是俞伯牙《高山流水》的《流水》，那他找到知音钟子期也算不上什么。因为我这只"平生未识宫与角（苏东坡《听贤师琴》）"的蠢笨耳朵，也能听出汤汤乎志在流水。

《流水》现存最早的琴谱见于明初朱权《神奇秘谱》，他说《高山流水》本是一曲，唐朝的时候一分为二，到宋朝又分起段落，《高山》四段，《流水》八段。

《流水》旧谱无"七十二滚拂"，这是川派张孔山所加。张孔山，晚清道士，云游天下，名满一时。很像后来的张大千。张孔山《流水》与张大千"彩墨画"还是"泼彩画"的，也真有点相似：热闹，鲜艳，漂亮，媚俗，但影响极大。张孔山《流水》使近代弹《流水》的琴家几乎都不弹古谱，而以此为体或者在此体上变体。

张孔山之前《流水》我没听过。这加上去的七十二滚拂，顿使写意精神荡然无存，这《流水》已是西洋风景画里的流水，不是中国山水画里意到笔不到的留白。

管平湖先生也不能免俗，他的《流水》也有七十二滚拂，但却是我听过的《流水》中最不炒作和最没火气的。他意到便止，不口诛笔伐，也不大动干戈。

话说回来，如果认同苦瓜和尚"笔墨当随时代"，那么从这角度看张孔山《流水》，的确极有时代性：乱世之音。其他琴家也弹出或大致弹出这乱世之音。而管平湖先生高出一筹的是他弹出在乱世之中而能够坐怀不乱的一个人的品行。在对《流水》的处理，管平湖先生以新为故，以俗为雅。尽管如此我还是不喜欢《流水》，包括管平湖先生弹奏的《流水》。但从管平湖先生弹奏的《流水》开始，我对管平湖先生有了兴趣，也对古琴有了兴趣。

我就去找有关管平湖先生生平事迹的图书资料。查阜西先生在一九五一年五月二日的《琴坛漫记》中写道：

管平湖年五十四，苏州齐门人，西太后如意馆供奉管劭安之子（管劭安卒于宣统三年），父死时年稚，及长，从其父之徒叶诗梦受琴。据云其父与叶诗梦均俞香甫弟子（已故二十年，故时年七十）。嗣于徐世昌作总统时从北京人张相韬（其时张年四十四）受《渔歌》及有词之曲三五，为时仅半年云。嗣又参师时百约二年，受《渔歌》、《潇湘》、《水仙》等操。民十四年游于平山遇悟澄和尚，从其习"武彝山人"之指法及用谱规则，历时四五月整理指法，作风遂大变云。又云悟澄和尚自称只在武彝山自修，并无师承，云游至北通州时曾识黄勉之，后遇杨百时听其弹《渔歌》，则已非黄勉之原法矣。管平湖一生贫困，与妻几度仳离，近蹴居东直门南小街慧昭寺六号，一生以外无长物矣。十三龄即遭父丧，但十二岁时父曾以小琴授其短笛，故仍认父为蒙师。管亦能作画，善用青绿，惜未成名，则失学故也。五六年来，有私徒十余人，郑珉中、溥雪斋、王世襄夫人、沈幼皆是。又曾在燕京艺校等处授琴，此其惟一职业。溥雪斋称其修琴为北京今时第一，今仍以此技为故宫博物院修古漆器，惟仅在试验中耳。问其曾习何书，则云只《微言秘旨》、《松弦馆》、《大还阁》、《诚一堂》诸种耳。

抄书半天，不免眼累。我觉得抄书比写书累——写书闭着眼睛往下写就是了。又听一遍《鸥鹭忘机》。

《鸥鹭忘机》取材《列子》：有个渔翁海上漫游，鸥鹭常常栖集在他船头。一次渔翁动念，鸥鹭就高飞不下了。写文章也是如此，不管多么春秋笔法，只要作者动念，总能被人看出。虽说人并不比鸥鹭智慧，但好歹还是比鸥鹭多认几个字。

4

管平湖先生的黑白小照：管城子·无食肉相。

管平湖先生《良宵引》，溥雪斋先生《良宵引》，刘少椿先生《良宵引》，我反复聆听，寻找差异，以为训练。

对于我这个外行而言差异很小；内行那里，定然天壤之别吧。艺术的魅力也在这里。欣赏艺术，知识不是唯一的，首先要静心，还有就是敬畏。不仅仅对艺术家敬畏，也不仅仅对艺术敬畏，本质是敬畏时间。但我对管平湖先生的敬畏之中，还有对艺术家本人不幸身世的迷恋。

古琴流派明清以来日见繁多——这是琴家个性复苏独辟蹊径的

表现。文学理论中有个"互文本"说法,听琴的时候可能更加明显。流派日见繁多,看似山头林立,带来的结果却是各流派之间的渗透,而不是切断和隔离。流派存在的前提就是各流派之间的交流与碰撞,如果某个时代只有一个流派,那就很难说它是流派,或许说它为风格要来得妥贴。还不能说是风格,只是类型。

风格统一质地,而流派是纷争的、琐屑的。

魏晋是古琴风格的成熟期。有了风格上的赋予和保证,才有后来流派产生的可能。而流派日见繁多的另一面:是它在努力迟延衰落的到来。

《长清》据说嵇康所作,《酒狂》据说阮籍所作,不论真伪,其中颇有魏晋风度。就像不论王羲之《兰亭序》真伪,那种风度已经先在地赋予我们对魏晋风度的认识,魏晋风度本来就是虚虚实实的一种风度。拿《长清》《酒狂》与《兰亭》比较,它们有风度上的一致性:镜花;水月。这样说并不准确,算作暂借。

《兰亭》决定书法的美学内涵与走向。《兰亭》是书法的质地,在这块质地上每个书家抒发不同的笔性墨性人性个性,万变不离其宗。米芾有另起炉灶新编质地的意识,杨维桢也有这个意思,他们可说是书法观念变革的先行。只有碑学兴起,书法才在《兰亭》这块质地之外增添另一块纤维布,还是无法与《兰亭》的美学内涵与走向抗衡,因为《兰亭》是成熟期的瓜熟蒂落。

中国艺术的成熟期很短，衰落期却迈长，各个时期总能听到它的余音。余音如此完美之际，于是也就结束。

《长清》《酒狂》决定古琴的美学内涵与走向，它们是古琴的质地。明代虞山派为什么影响巨大，因为它梦想着古琴成熟期的风格——也就是对魏晋风度的理解和假设：清，微，淡，远。这决不是后来的纤弱。有人说管平湖先生瞧不起清微淡远，我以为不是这么一回事。管平湖先生瞧不起的是在清微淡远名下的纤弱、空洞、乏味和做作。

中国艺术也许真需要借助复古倾向与复古运动，才能步履维艰地往前走上几步。

我没有听到管平湖先生弹奏《酒狂》，据说有录音。我听过刘少椿先生《酒狂》，姚炳炎先生《酒狂》，刘少椿先生在《酒狂》里终于脱下棉袍，姚炳炎先生倒是一直绸衫飘飘。刘少椿先生的《酒狂》里有幽默感，对魏晋风度的理解，不把幽默作一角度，还少只眼。

管平湖先生的《流水》：大用外腓，真体内充。返虚入浑，积健为雄。（司空图《二十四诗品·雄浑》）

顾梅羹先生的《流水》：采采流水，蓬蓬远春。窈窕深谷，时见美人。（司空图《二十四诗品·纤秾》）

卫仲乐先生的《流水》：惟性所宅，真取不羁。控物自富，与率为期。（司空图《二十四诗品·疏野》）

司空图《二十四诗品》据说是部伪书，像煞明人口气。但它有个好处，往什么上面都可以一套。

5

记忆缺胳膊少腿。记忆把眉毛画在嘴唇上，不管怎样还可以冒充胡须，如果画在眼睛下，它偏偏常常把眉毛画在眼睛下。

我现在想起，我见到古琴的时间还要早些，比"我就在那时看到古琴，在大堆奇形怪状的乐器之中，不失个性"要早，那时我二十来岁，在南京，有位小说家约我去南艺成公亮先生家听琴，成公亮先生刚从荷兰回来，与荷兰音乐家合作出版一盘音乐，封套上，我现在还记得那名字：《泰湖与风车的对话》。"泰湖"——"太湖"。先听《泰湖与风车的对话》，接下来成公亮先生"手谈"。他在房子的空处点上蜡烛，白色。一房子的人。《梅花三弄》。《平沙落雁》。《忆故人》。还有，忘了。这才是我第一次看到古琴。但好像也不对，因为看到后我没有惊讶，好像早已见过。

板凳上的人。地板上的人。成公亮先生背门而坐，门是粉绿的。或许在白天就不粉绿。小山·李送给成家千金的一幅水墨山水，被成家千金四角粘上化学胶水,四块亮晶晶的斑点显现在门板,有种对称的感觉:影子与白色。

现在想来我并没有惊讶不一定早已见过,大概古琴被影子遮蔽,不见蓬门花径。

听罢回家,南艺校园空空荡荡,一块又一块的水泥地。

香令人幽,酒令人远,石令人隽,琴令人寂,茶令人爽,竹令人冷,月令人孤,棋令人闲,杖令人轻,水令人空,雪令人旷,剑令人悲,蒲团令人枯,美人令人怜,僧令人淡,花令人韵,金石彝鼎令人古。这是陈继儒《岩栖幽事》里的句子。回家路上,我现在才感到当时的寂寞,而琴并不会令人寂,琴声也不会。

俗话说明人空疏,也没什么不好,他们已经心领神会,于是词不达意、言不及义。

6

"坡仙琴馆"在怡园,也就是顾老先生他父亲捐给政府的那座园林。苏州私家园林大多数是被政府先充公了——园林继承人后捐,而顾老先生他父亲一看解放,首先捐出。怡园虽然是私家园林,解放前它就对市民开放,免票进入。顾老先生他父亲是"四王"一路的传统画家,但很通达,拿出银元让颜文梁去欧洲学油画。他对新生事物都有兴趣,所以也会接济共产党。他祖上得到一张苏东坡的琴(现藏重庆博物馆),这是"坡仙琴馆"由来。我见过查阜西、樊少云等人在"坡仙琴馆"雅集时的合影。樊少云这个人很了不得,他是颜文梁、吴湖帆的图画老师,擅弹琵琶,被称为琵琶圣手。我妹妹的琵琶老师就是樊少云学生。樊少云喜欢收藏小古董,夫人不高兴:"这些东西饥不能为食寒不能为衣,要它何用?"樊少云说人家花钱买我的画不是一样没用么!

我以前常去"坡仙琴馆"坐坐,这是苏州园林里少有的几个没被糟蹋的亭台楼阁——被拙劣的字画、生硬的盆景、粗俗的花卉糟蹋。其实花卉没什么粗俗不粗俗,但把一串红波斯菊放在亭台楼阁中,总觉得粗俗。我今年回苏州,顿觉变味,"坡仙琴馆"前面的庭院,简直集市。一些当地琴人在那里雅集,琴声被导游的喇叭声、茶座的音箱声撕得八粉四碎,然后让看热闹的游客不怀好意地一口气吹掉。我对雅集主持人说,这里怎么弹琴,该换个地方了。他说,这里好,"坡仙琴馆"的建筑处处是为弹琴设计的,你看,头上的船篷顶,你看,地上的大方砖,你看,南风吹来。

苏州这个地方难得见到乌鸦——即使在郊区。倒常常有白鹭飞来,白鹭的白色粪便里含有某种物质,把虎丘山上一大片树林毒死,虎丘塔也成一座歪斜着的白塔,从比萨来的游客一眨眼以为又回到比萨，只是没卖比萨饼只有兜售芝麻烧饼的。白鹭给苏州增添又一份清丽和轻薄，没有乌鸦，苏州城虽说古老，总少一点沉郁。

地气不厚，难出乌鸦。

我听过管平湖先生《乌夜啼》，乐曲开端月明星稀——舒缓而平稳的泛音，不一会儿，小乌鸦们在巢里蹦蹦跳跳，与这个活泼的主题相对，是用低沉的按音按出一只老乌鸦的形象，温和，慈祥，应该是一只老母乌鸦。这是心境，人在某一刻感到新生，但往事与回忆却不断闪回，反而陷入更大的踌躇之中。

这些年从苏州到北京乘火车也只要十四个小时。当初管平湖先生从苏州到北京不比我们现在从中国到马绍尔群岛容易。管平湖先生小小年纪离家出走跑来北京——吴文化已经狭窄得容不下人，所以我从不把管平湖先生看作苏州人。晚年管平湖先生火气全无，但在勾挑之中，偶尔还能听到琴弦上溅起一滴少年热血。

有老杜的感时、恨别，管平湖先生的琴风是老杜诗品。吴景略先生的琴风是小杜诗品。

7

春宵一刻值千金。春晓一刻值三百两银子。管平湖先生弹奏的《春晓吟》里，有银子的光泽。闪亮。流动。跳跃。晃动。舒展。摆动。

难得好心情。

难得好心情只是我辈;管平湖先生好心情。

好心情。

管平湖先生一袭长衫,从几枝花边出来了。

8

阳春。白雪。阳春白雪。高雅代名词。一句用滥的成语。成语都是被用滥的,白雪总是会融化的。

《白雪》这一首琴曲相传为春秋时期晋国师旷所作。我不太喜欢这个人的琴以载道。我对载道派都不喜欢。

《白雪》的身影有点粗。缺乏细节。这是我初次听《白雪》印象。后来听到管平湖先生的《白雪》——有融化的声音,我稍稍听了进去。

管平湖先生的《白雪》是北京胡同里的雪。

雪上的反光,夜如明镜。管平湖先生踏雪去小酒馆喝酒。他是深得酒趣之人。

1946年冬季一天晚上,管先生约我一起到广播电台去演播。广播节目结束以后,我们一起乘电车由六部口回北新桥,下车时已经是夜里10点多了。那天天气很冷,管先生兴致勃勃地邀我去吃夜宵。我们走进了十字路口南边路西一家新开业的小馄饨铺,他买了两碗馄饨、两个烧饼、二两白酒和一碟煮花生米，我慢慢吃着馄饨，他一边喝着酒，一边和我讲述发生在不久前的一场惊险护琴故事。那也是去广播电台演播以后，他乘坐三轮车由电台回报恩寺寓所，当车行至长安街西三座门（已拆除，原址在今28中学门前）时，迎面飞快地开过来一辆卡车，由于车速快路面窄，一下子蹭在三轮车上，车子被突如其来的汽车撞翻了，管先生被甩出去两米多远，他的膝部、肘部多处被挫伤，好不容易才挣扎着爬起来，而那张琴却依然完好无损地被他紧紧抱在怀里。说到这里他笑着对我说："在翻车的一刹那，我更加用力地抱紧了琴，虽然我被抛出车外翻了一个滚儿，但是琴却始终没有着地"（王丹《泠泠七弦，响彻太空——记著名琴家管平湖先生》）。

据说那是张名为"清英"的唐琴：朱红之色杂以墨云鬃漆，周身布满蛇腹断纹。

据说琴不过百年不出断纹。年代不同，断纹也不同。有梅花断、牛毛断、蛇腹断、冰纹断、流水断、龙鳞断和龟纹断等等。我从《古今图书集成》《琴瑟部》里摘出有关断纹一章：

古琴以断纹为证，琴不历五百岁不断，愈久则断愈多，然断有数等。有蛇腹断，有纹横截琴面，相去或一寸或二寸，节节相似，如蛇腹下纹。有细纹断如发，千百条亦停匀，多在琴之两旁，而近

在古琴梦游（下）

1

飞了。它们从哪里飞起？没有来头。它们从飞来处飞起，这也不是它们来头。高了。远了。点。一点。一点点。空明的境界，画面上水性植物颜料拖出一笔，隐约的花青，天，它们。它们——

落下。这些水墨的大雁线条参差，浓，淡，浓，淡，浓，淡，浓，淡，不浓不淡，浓。

又淡了。

这些水墨的线条忽浓忽淡，交织，穿插，雁颈摩擦着潇潇风声，心驰神往中的飞白。

荡开来隐约的花青天；沉下去干净的沙白地。

平沙是一片白沙。

这些水墨的大雁，它们在白沙上相互晕染，消长，渗透，浓墨碰撞着淡墨，淡墨冲破了浓墨，枯墨紧抓着湿墨，湿墨放开了枯墨，焦墨点化着宿墨，宿墨抬高了焦墨……

浓在淡中，水在墨中。平沙是一片白沙，白沙之外，春江秋水。

雁颈摩擦着，雁翅纠缠着又分开。小墨点。大墨点。墨团团。芦花团团。

文字追不上音乐。我听着管平湖先生《平沙落雁》，写下这些。宋徽宗画过大雁，他的真迹我见过，宋徽宗的大雁缺乏潇湘之气。边寿民画过大雁，他的真迹我见过，边寿民的大雁不少扬州之气。虚谷和尚画过大雁，就叫《平沙落雁》，我没见过原作，忘记是他款识还是后人所取题目，虚谷和尚的《平沙落雁》，有空明的境界。我疑心虚谷和尚是听琴曲《平沙落雁》后的信笔之作。《平沙落雁》这阕琴曲由来已久，关于它的作者，有说成是唐代诗人陈子昂的。张岱《陶庵梦忆》里说：

戊午，学琴于王本吾，半年得二十余曲：《雁落平沙》……

由此可见，《平沙落雁》明朝的时候被称作《雁落平沙》。意思一样，但在文字上唤出的情感与趣味却大相径庭。《平沙落雁》

由面及点，《雁落平沙》从点到面。我刚才听着管平湖先生《平沙落雁》所写下的这些，倒更接近《雁落平沙》。从这阕琴曲的意境上（确切地说应该是描述性的部分）来看，似乎是《雁落平沙》。但《平沙落雁》这名字却风雅。风雅莫非就是闭门造车、不准确、割舍和丧失？风雅莫非就是自以为是？这一点，我想我也是风雅的。

2

《风雷引》和一般琴曲不同，"其节奏奇纵突兀，苍郁险峻，自非凡调"。（转引自许健《琴史初编》《小兰琴谱》）从这阕琴曲的演变来看，它是由怯入勇（《风雷引》到底是不是就是《霹雳引》的苗裔，自然仁者见仁智者见智），如果我们接受《风雷引》就是《霹雳引》的苗裔，那么对它的理解——我对它的理解是怯勇，我听它的时候，脑子里是林冲夜奔的情景（李开先《宝剑记》第三十七出《林冲夜奔》）：

【双调新水令】按龙泉血泪洒征袍，恨天涯一身流落……

【驻马听】良夜迢迢，投宿休将门户敲。遥瞻残月，暗度重关，急步荒郊。身轻不惮路迢遥，心忙只恐人惊觉。魄散魂消，魄散魂消，红尘误了武陵年少。

【折桂令】……恰便似脱扣苍鹰，离笼狡兔，摘网腾蛟……鬓发萧骚，行李萧条。这一去，博得个斗转天回，须教他海沸山摇。

【得胜令】……悲嚎，英雄气难消。

【沽美酒】怀揣着雪刃刀，行一步哭号咷……忽然间昏惨惨云迷雾罩，疏喇喇风吹叶落，振山林声声虎啸，绕溪涧哀哀猿叫……

《风雷引》我一直听不进去。后来联想到林冲夜奔，才有可歌可泣的场面，但是，是内敛的。管平湖先生《风雷引》也是内敛的，看过昆曲《夜奔》，就是这种劲——还是不能比较。管平湖先生的劲是内热外冷，他的风雷——风是吹在老树间的风，雷是沸在高远处的雷。

风偶尔也吹到几棵小树身上。

3

这是一阙与孔子有关的琴曲。传为蔡邕所撰《琴操》有则补遗：鲁哀公十四年西狩，薪者获麟，击之，伤其左足。将以示孔子，孔子道与相逢见，俯而泣，抱麟曰："尔孰为来哉？孰为来哉？"反袂拭面，乃歌曰："唐虞世兮麟凤游，今非其时来何求？麟兮麟兮我心忧"……后面更荒唐，我也就不抄了。

管平湖先生《获麟操》中孔子形象,不是《琴操》里"俯而泣""抱麟""我心忧"这么一个夸张的、拙劣的、一如漫画的孔子形象,而是《史记》里"不怨天不尤人"的孔子形象。《史记》里也有"获麟"故事,与《琴操》补遗"获麟"相比,它似乎是管平湖先生不温不火琴风的"图解",也是管平湖先生不怨不尤品格的"图解"。

由于道听途说,管平湖先生的苦难生活给我留下烙印,以致一开始妨碍我对他音乐的欣赏,先入为主,望文生义。其实凡大艺术家都能超越——别说物质,就是精神也不能使之拘困——他总在不断地超越,达到自由境界。而这个自由境界外观以形式,就是变化多端、高深莫测。说管平湖先生的琴风雄强劲健,就雄强劲健;说管平湖先生的琴风清微淡远,就清微淡远;说他急,也急;说他缓,也缓……唐代琴家赵耶利对当时琴风有"长江广流"和"激浪奔雷"之分,在管平湖先生那里,给综合了,就像他的本家管夫人所说"我中有你你中有我"。以《流水》为例,他在平常琴家弹出的躁急、激浪奔雷之外,管平湖先生还弹出流水的深、深广和绵延徐逝。别人的流水是涧水,管平湖先生的流水是长江广流。管平湖先生的《流水》,美在一个"深"上,不但有速度、有广度,还有深度。

或许可以这么说,我的直觉,管平湖先生是古琴文化的集大成者。

4

到目前为止,这是所发现的最早一份琴谱(原谱为唐代人手抄,谱前小序说该谱传自丘明,丘明生活在五、六世纪),用文字记录,所谓文字谱。记起来很麻烦,像一个饶舌的人同时又是大舌头。后来有了减字谱,我以为是天书或天书的来源。

……暗黄的长卷徐徐展开,一根又一根兰叶劲挺、疏远,微微颤动,无风而动……

意韵萧然。

《碣石调·幽兰》大有古趣。是不是吟猱甚少的缘故?北宋之前的书法家写字,极少使用侧锋。吟猱是琴里侧锋。

"神理气味者,文之精也;格律声色者,文之粗也(姚鼐《古文辞类纂序目》)",《碣石调·幽兰》:单纯的格律声色,神理气味却不可捉摸。

一首四言诗。你能听到几个人神情各异风度不同地吟咏着自己所写的一首四言诗。一个人在朗诵前有点不好意思,冷场。有个人多喝点酒,嗓子提高起来,旁边朋友拉拉他的袖管。一个人念到一半,忘记了,流失了。

5

　　二零零三年九月三十日晚饭后听管平湖先生《潇湘水云》不觉梦寐有一大屏风背后纱罗窃窃私语有花曰郁纡花又曰悽恻花江山多故极意天下流连卉木探赜洞微萧然物外自得天机有一大墨团未敢漫为许可团团墨痕无迹可寻四壁并非己有一簪不得随身三径虽荒两乳无恙家计渐窘在在饥荒未卜前途何似兴尽而返亦无容心也有一大家伙虽说是大空白却支离破碎醒来头甚痛。

　　管平湖先生《潇湘水云》大空白是大空白支离破碎却支离破碎。

　　头甚痛。

　　管平湖先生《潇湘水云》：国破山河在，城春草木深。

　　这"国破山河在城春草木深"十个字，可以用来比喻管平湖先生弹奏此曲时所传达出的风神，至于到底是不是这层意思我看并不重要。或者也可以这么说大空白是大空白，支离破碎却支离破碎。

　　头甚痛。

　　我曾经把管平湖先生《潇湘水云》，吴景略先生《潇湘水云》，查阜西先生《潇湘水云》，放在一起听。那个晚上，我黄酒、绿茶、咖啡，都喝了。

6

明人田艺蘅《留青日札》《弹胡笳》条：

> 戎昱诗："绿瑟胡笳谁妙弹，山人杜陵名庭兰。"不知胡笳何以弹之？

"绿瑟"，《全唐诗》作"绿琴"。唐时有名琴"绿绮台"。戎昱此诗名《听杜山人弹胡笳》或《听杜山人弹胡笳歌》。唐朝开元天宝年间著名琴师董庭兰擅长《胡笳》，一时风靡，戎昱诗中的杜山人，就是董庭兰的学生。山人弹的不是胡笳，胡笳当然不能弹只能吹；而是《胡笳》琴曲，《大胡笳》或者《小胡笳》琴曲，当然可以弹了。

"琴声在音不在弦"。从戎昱《听杜山人弹胡笳》中也可看出，琴在中唐就已下坡："如今世上雅风衰，若个深知此声好？世上爱筝不爱琴，则明此调难知音"。

世上爱筝，宫里爱鼓。《羯鼓录》记载一件事：

> 上（唐明皇）性俊达，酷不好琴，曾听弹琴，正弄未及毕，叱

琴者出曰:"待诏出去!"谓内宫曰:"速召花奴,将羯鼓来,为我解秽!"

花奴是他宠爱的侄子兼鼓手。看来俊达的人与琴无缘,而浮躁的时代与琴也无缘呢。

7

小时候读《离骚》,许多字不认识,也就没读进去。稍大一点,认识一些字,但还是不知所云。因为那一些字认识算是认识,放在一起,却不知道意思。我一直要到前几年才读《离骚》,也抄过四、五遍——我临米芾《离骚经》法帖。临帖的时候,只注意用笔点划结构,屈原说些什么,并不关心。有关《离骚》,淮南王比之《国风》《小雅》,朱熹在晚年说"其语祀神之盛几乎《颂》"。所谓风雅颂,清末刘熙载这么说:

诗喻物情之微者,近风;明人治之大者,近雅;通天地鬼神之奥者,近颂。

我如果喜欢《离骚》的话,喜欢的是我以为"通天地鬼神之奥者"这一部分。

管平湖先生《离骚》，是一个儒者所注解的《离骚》。很接近李白这两句诗：

正声何微茫，哀怨起骚人。

李白集中，这两句诗最有儒者风气。

管平湖先生是怅然的，但不怅然若失，他没有怀才不遇的理想，怀才不遇是种理想。他能随遇而安，离骚而能"不怨天不尤人"，自有一段襟怀。

8

我所听到管平湖先生——《欸乃》是最愉悦的，其中烂漫，回忆，不是柳宗元的渔翁生活（这阕琴曲根据柳宗元《渔翁》"渔翁夜傍西岩宿，晓汲清湘燃楚竹。烟消日出不见人，欸乃一声山水绿。回看天际下中流，岩上无心云相逐"一诗而作），而是一个孩子——在水边长大的孩子的情景。

是管平湖先生对家园——对水乡的回忆？童年。天真。水。清水。桥。板桥。船。乌篷船。白篷船。橹声。风声。光与影。

管平湖先生《欸乃》之中,有种"入声字"的美。管平湖先生能弹出"宿""竹""绿""逐"这些"入声字"的美。北方琴家大概不能弹出。

苏东坡认为,柳宗元《渔翁》后两句尽可以删除。如果删除的话,我想,也只是唐人诗中常见小品,有这两句,方成别调。

大艺术、大生命,都是正声之外的别调。我见过管平湖先生几张合影,他人都穿中山装,他穿长衫,也是别调。

《锁麟囊》中有这么两句唱词:"轿内的人儿弹别调,必有隐情在心潮"。

后 园

我有座不小的后园,这是许多朋友羡慕的。夏秋之际,常有一只壁虎光临墙壁,暗绿色仿佛才出土的碧玉如意。壁虎又叫守宫,据说同朱砂磨合为尘,点在女子脐边,守得住贞节。而我的后园空空荡荡,无啥要守。

翻看中国传统绘画册集,几乎很少见到有关后园作品——或者大而言之为庭院。这在日本绘画中却是常见。马远或沈周那里,往往只能发现一所两所房子,没有围墙。而庭院是四堵墙里的沙漏。这一所两所房子,或与湖光或与山色融为一体,若隐若现,以太古为后园,古人其间,物我两忘。西方美术史家认为中国山水画是中国人探索"道"的工具,只是哲学符号。中国绘画,尤其宋元之后,的确成为符号,但并非哲学符号。它是艺术符号,如技巧剥夺造化的四王山水;它也是心灵符号,这在情感突破技法的青藤、朱耷他们的花鸟作品中时能感到。我们的传统艺术不向哲学靠拢,而哲学经常艺术化。我以为我们的古人颇具"现代性",为生存所困扰、焦虑,但又没有被逼到绝境,这要感谢传统艺术符号的单纯,而作为心灵符号关照的话,又极复杂。这样,既给古人有松一口气的时间,又有保持神性和自尊的场合:一座水墨后园,他们能够较为轻易地经营。

在后园,种下丹竹,种下青蕉,雨声大了,风声大了,他们也大。

就像齐白石通过透明虾体和流动的虾须传达水态,经典人物画与花鸟画中,我们从几个人与几枝花上,也能看到一个不呈现而呈现的后园。这不是含蓄,含蓄中西方皆有,而"不呈现而呈现",却是我们的艺术话题,也唯有体悟,那丰颊肥腕的捣练女子,那削肩瘦腰的徐行女子……在后园展开素练,或走向那一株辛夷。她们的身姿如风吹过水面。后园在她们一挽袖一抬手时呈现出来,不就是天堂?一方远离滚滚红尘的净土,也是莫大安慰。那一树藤萝,那一枝玉簪花……也在我们的后园披离,独立。绘画史上"折枝花卉",就折于不呈现而呈现的后园之中,流连光景,许多感性。

藤萝上的新月,如一把柄,我们拉开隐秘的抽屉。后园,就是抽屉。"界画"能表现出亭台楼阁海上三山,却很难呈现一座简朴后园,与生存有关的话题,一经说出,就是题外话了。

恽南田的作品明媚阳光,这在我们传统绘画里并不多见,甚至可说绝无仅有。宋代院体画有明媚之感,却无阳光照耀。恽南田总会让我想起印象派画家，池中的睡莲，莫奈无奈，阳光下眼花，斑斑点点。而南田的阳光来自于心灵，心灵是他举重若轻的后园，世俗中有圣洁之美，或曰圣洁中有世俗之美，"万种风情，一尘不染"，他又重新与自然交流。我仿佛来到父亲经营多年的后园，面对他"写生正派"的一草一木。

某个满月的晚上，恽南田与朋友散步池畔，他见到一棵梧桐，连呼："好墨叶！好墨叶！"他能把月明之中暗绿的梧桐叶看成一片墨叶，所以姹紫嫣红就不俗丽，就不喧嚣。在他好色背后，有一片纯正的墨叶于月光之中大如……恽南田太出色，以至难以为继，他的学生没有一个能像他天生丽泽，无非粉墨花旦而已。当然也有区别，这是京城一级演员，那是县城角色，他们站在舞台上，从不去后园。他们没有拉开过抽屉。

有时我们的后园也清晰可见，苍天之下，一根竹竿高挑出园墙，像晒着条裤子似的，飘扬一面"青白朱"三色旗：青藤、白阳和朱耷。这三位画家已经念出芝麻开门的秘诀，绘画的专业性减弱，成为一个人精神的天马行空，在后园里种梅，种桃，种荷，种菊，连搜尽奇峰的石涛，也种下一只苦瓜。石涛写道："但出但入，凭翻笔底"。凭一枝毛笔，中国绘画的精神性越来越大于它的绘画性，成为探索"道"的精神工具，喜呢？悲呢？是耶？非耶？大凡一个朝代有一个朝代的美，一个朝代的文人学士也有一个朝代文人学士的生活方式，而文人学士的境遇，于后园生活的命运，却一贯相差无几。在后园墙角，为有暗香凭空而来。雪，天气要下雪。

后园是房间往外的延伸，但又不全属外部。房间闭塞，在街头又不安全，而后园，恰恰能使文人学士与这个世界的关系隔而不隔，作为"但出但入"的自在场所。

雨声大了，风声大了，因为芭蕉叶大了。他种下的芭蕉竟已大过后园，好像覆盖住嘴巴的络腮胡须，以致使我常常绕围墙一圈，还找不到进口。

清明前后，我想在后园种一点丝瓜，种一点扁豆，种一点茄子。我已计划多年。

探花人情

我二十岁左右，自以为是，有一次，给一大帮热爱写作的人上课，我说文章该这么写这么写。现在想来，文章哪有该这么这么写的，文章是想怎么写就怎么写。我正口若悬河，忽然看到底下有一位少妇的脸熟悉。课间休息的时候聊起，她是京剧《李慧娘》的主演。我就想，舞台上的她仿佛一枝红梅，而日常生活里，竟然像棵大白菜。这多好玩。可惜我不画画了，否则画梅树枝上搁一棵大白菜，或者画一张她素面朝天的脸，而身上却穿着云蒸霞蔚的戏衣，脸用水墨写意，戏衣是工笔重彩，石青朱砂要多用。

我最早见到画戏剧人物的，是关良，一见喜欢，那时候我读初中，但已颇有见识，我们的南京师范学院毕业的美术老师说，关良的画，比例不对，解剖没学过。我心想我即使画上个二十年，也画不到他。后来看到八大山人，更觉得中国画早是圆满，我再想说出点新鲜话，恐怕不能。看看新诗虽然叫新诗，却不怎么新，于是我放弃学画，写起新诗。

　　现在二十年过去了，我还是喜欢关良的戏剧人物，觉得他的戏剧人物有戏。把戏剧人物画得像歌剧人物，不算。尽管"京剧"被翻译成"北京歌剧"，那是乱翻，"功夫"就是"功夫"，"京剧"也应该"京剧"。我认识一位画戏剧人物的画家，除小时候看过《红灯记》，老戏不看，我问他怎么画古装戏，他说换换衣服就可以。看着《红灯记》里的李铁梅，画出《挑帘裁衣》里的潘金莲，虽说都是花，但一个梅花，一个莲花，季节不对。这样的戏剧人物画能画中有戏，除非天才。但我也奇怪一画戏剧人物，就全是老戏里的，为什么就不能画《智取威虎山》呢？武松打虎，杨子荣打的难道是猫！

　　先进人物——我在电脑上连打"戏剧人物"，不料出来个"先进人物"，现在讲先进，那就留着吧。

　　戏剧人物画，我看过的不多，看过的觉得画里有戏的，除了关良，还有马得，还有韩羽。我把这一派称作"画戏派"。

　　林风眠也画过戏剧人物，他或许志不在此，我把以林风眠为首的这一派称作"画符派"，不是道士画符的"符"，也不是鬼画符的"符"，但一用劲一着急，就是道士画符的"符"，就是鬼画符的"符"，"画符派"这个"符"，是"符号"的"符"，符号学现在很流行的呀，我觉得林风眠是借中国戏剧这个符号，画的是另外想法。我至今还是喜欢林风眠的画，我觉得他和黄宾虹是邻居。打个不恰当比喻，一个是王安石，一个是苏东坡，政见不同，而才华是相等的。欣赏艺术，就是欣赏艺术家的才华，观念啊，技术啊，只是南海观世音脚下的乌龟。

林风眠的画粗看用劲粗看着急，越看越不见用劲越不见着急。说到这里，我想起现在听说颇有名气的某策展人曾经和我讨论林风眠，他说你知道林风眠的画好在哪里吗？我正想给他说说《老残游记》里黑妞白妞的故事，他倒先说了：

"林风眠的画里有解剖，你看，就是画只仙鹤，这一笔下去，也讲究解剖。"

又是一个热爱解剖的，想报考医学院啊。

我说："或许是吧，据说许多外科医生、医学院学生和 X 光医生都喜欢看林风眠的画。"

我在江南之际，很迷恋麒派，听周信芳的唱片，斩钉截铁。后来跑到北京，耳闻渐广，侥幸买到不少京剧磁带和 CD，迷的是言菊朋、奚啸伯、余叔岩，后来还有杨宝森。对他们的艺术风格，我的感觉是，好像我已经在其他文章里写过，想不起来了，大致意思是周信芳斩钉截铁，言菊朋人淡如菊，奚啸伯儿女情长，余叔岩山光水色，杨宝森正大光明。现在想想我这么说，也没道理，但当初的感觉或许就是如此，我有什么办法？

感觉是很靠不住的,但如此开头,就如此说下去,关良,马得,韩羽,如果把他们放到戏里,他们是什么角色?那我怎么知道!哦,我说的是把他们的戏剧人物画作个比喻,那么关良的像是老生,马得的像是小生,韩羽的像是花旦。

写到这里,估摸着字数够了,秀才人情纸半张,我估摸着不止半张了,那就是探花人情。

再补充一句:关良画的就是京剧,马得画的就是昆曲,韩羽画的就是地方戏。

最好的散文是月份牌

　　谢之光晚年的一些国画小品，很有天趣。他随手画了，章也不盖，有时款也不落，据说，就往桌子下、抽屉里一塞。我想起他画的月份牌，他署上"之光"两字。谢之光早年是画月份牌的。

　　我听说谢之光名字，是在少年时期，但我听成"十支光"，就心想这是一只多么昏暗的灯泡呵，只有十支光，悬在浑浑的梁上，楚楚可怜——于是也就有这样一帧图景：一位老人咳着嗽，握着笔，在暮气沉沉的日子里，偶尔也儿童般一笑。这儿童般一笑，即是他画的画了。我在少年时期，不知是耳朵不好呢，还是别有怀抱，常常会听错闻讹。老先生们谈到"丰子恺"，我竟听成"疯子腿"，脑子里顿浮现出济公形象，觉得这名字多好，鲜活，有气势。后来知道是另外的字时，怅惘一阵，像破灭一个梦幻。实在舍不得丢弃，就拿来自用，写本《疯子腿手记》。这是后话。最奇怪的是老先生给我讲"六法"，我把"气韵生动"，一次次听成"鲫鱼升洞"，觉得"六法"真是玄奥，鲫鱼怎么升洞呢，因为我只听说过鲤鱼跳龙门。我求知之际，由于一场大的社会变动，许多书籍难以见到，想学点东西，全凭老先生们口授。

这也有趣，文化有时就在以讹传讹中继承发展。文化或许还真要有点以讹传讹热情，甚至选择其讹。

月份牌我很早接触，小学时得到过一张奖状——我学生时代唯一得过的一张奖状——大人想把它挂起来，启开一只老镜框，看到几张月份牌，是用来垫衬镜框板的。当时反应，现在想来，也没什么反应吧。因为当时一门心思等着自己的奖状高挂起来。但知道了一种东西，祖母说：

"这是月份牌。"

月份牌真是奇怪画种，过去我很轻视，认为俗不可耐。前些日子去蒋小姐工作室玩，她搜集不少有关月份牌资料。工作室满是电脑，我又不会玩，就看起月份牌来，不免暗吃一惊。那个时期的艺术，方方面面我也接触一些，但没有哪个门类有它在世俗生活与市民理想上表现得这样淋漓尽致。市民理想暂且不说，而世俗生活，其实与我们的艺术非常遥远。它总是昙花一现。这昙花一现，除外部原因，我以为根本是在个人因素，即中国有手艺的人，会越来越自觉或不自觉地文化化。一文化化，就拿腔拿调，不屑去表现——比如世俗生活，而进入复古圈子。谢之光晚年的国画小品与早期的月份牌画稿，完全两回事，早期的生活经验竟对晚年的艺术创作不起作用。趣味是有了，但也少了生动的欲望。这也就是文化化的缘故：文化最终成为——化作——单一趣味，以至扼杀世俗生活中的丰富性。

月份牌的衰落，从一个侧面告诉我们：世俗生活它被认可和它需要的正常化，没有经历多少年。

据我所知，在早期从事月份牌创作的画家中，只有一位叫张光宇的，至死保持着对世俗生活中的丰富性的关注，但也是度日如年。

昨晚有友找我喝酒，说到散文，我脱口而出：

"最好的散文是月份牌。"

他愕然。我解释道：好散文，一段世俗生活而已。是吗？

墨

我们这一代对墨的态度，细想起来像是蔑视。别说写诗作文的，写诗作文的已经与墨没有什么关系，偶尔写副春联，我估计这墨也是向工会借的墨汁。就是画国画的、写书法的，也只是用价钱比工会贵点的墨汁一番云雨，磨墨者基本绝迹。

周作人《买墨小记》里说，本来墨汁是最方便也最经济的，可是胶太重，不知道用的什么烟，难保没有"化学"的东西，写在纸上常要发青，写稿不打紧，想要稍保存的就很不合适了。

他说到了墨汁的不好。周作人很少说新事物的坏话，而这新事物里况且还有"化学"成分。

所以他只得买墨，买一锭半两的旧墨，磨来磨去也可以用上一个年头，古人有言，非人磨墨墨磨人，似乎感慨系之，我只引来表明墨也很经用，并不怎么不上算而已。

墨买来之后，或者开始买墨之后，情况不免有些变化，买墨为的是用，那么一年买一两半两就够了。这话原是不错，事实上却不容易照办，因为多买一两块留着玩玩也是人情之常。

玩墨是种传统，这种传统的奥妙是离墨越来越远，像藏书，结果并不读书。周作人言，据闲人先生《谈用墨》中说，"油烟墨自光绪五年以前皆可用。"凌宴池先生《清墨说略》曰，"墨至光绪二十年，或曰十五年，可谓遭亘古未有之浩劫，盖其时矿质之洋烟输入……墨法遂不可复问。"所以从实用上说，"光绪中叶"以前制品大抵就够我们常人之用了，实在我买的也不过光绪至道光的，去年买到几块道光乙未年的墨，整整一百年，磨了也很细黑，觉得颇喜欢，至于乾嘉诸老还未敢请教也。这样说来，墨又有什么可玩的呢？道光以后的墨，其字画雕刻去古益远，殆无可观也已，我这里说玩玩者乃是别一方面，大概不在物而在人矣。

所有的玩赏莫不如此，不在物而在人。玩物不一定丧志，玩物却一定丧物。人硬是要作物的主人，操生杀大权于手，有灵性的物自然惟恐避之不及。好墨好玉好瓷器，好诗好文好书画，它的消失实在是对庸人凡人俗人坏人的躲避。

在周作人记忆里，他说，我的墨里最可记念的是两块"曲园先生著书之墨"，这是俞平伯所赠。

余生也晚，乃不及见好墨，下午无事情，回忆墨，只是抄书而已。

禁 书

下雨天，下雪天，闭了大门，拔了电话（电话好像一株草，说拔就拔），躲到床上读禁书，是一件写意之事。

我也只是想象而已。我对禁书兴趣不大。只要是书，都有遭禁的可能，知识本身就是秘密的火焰与愉悦。这样一想，天底下哪有什么禁书！或者全是禁书。而所谓禁书也常常如此：阅读者大抱希望，结果总是失望得紧。所以我读禁书，比读不禁书还有平常心。

在我看来，禁书无非只有两种，一种因为有违公共道德而遭禁，一种因为有违国家政治而遭禁。实在只是一种——有违国家政治而遭禁是一切禁书的根本命运。

我读戴名世（1653 — 1713）《南山集》，没有看出此书的大逆之处，我想不是我眼拙，这个意思，也不是我一个人的。前几年钱锺书出版《石语》，记录陈衍谈话，这个陈衍，在他《石遗室诗话》里就说过："康熙间，桐城戴名世《南山集》之狱，论者冤之。曾翻其全集中，并无可罪语"。《南山集》遭禁，无非是统治者的丧心病狂借题发挥杀鸡给猴看罢了。中国古代禁书，大抵如此。所以中国古代禁书也就说不上是禁书——因为思想观念的离经叛道，因为艺术观念的标新立异而遭禁——与书关系并不大，遭禁的、被禁的实在是作者／人，实在也不是作者／人，还是那句话，丧心病狂，借题发挥，杀鸡给猴子看。

读中国古代禁书，不知禁在何处，道理也在这里。

禁书不一定是好书。人的心理很奇怪，会觉得遭禁的书就是好书，最起码也有出人意料的地方（出人意料肯定是好书的基本标准）。而许多禁书常常是连这个标准也达不到。还是拿《南山集》为证：

天下之物，类有神奇之产。神奇之产，世所不经见者也。神奇之产往往为圣人而出，圣人者，世所不经见者也……昔者河出图，洛出书，与夫凤鸟之至，皆为王者出也。成康既殁，天下无王者久矣，然则麟胡为乎来哉？为孔子来也。

这样的话并不新鲜，迂腐的读书人都会这么说。无非戴名世说得慷慨一些。戴名世的文章，有一种慷慨的迂腐、迂腐的慷慨，我没有多大兴趣。

但我还是读过不少禁书。我出生于二十世纪六十年代，在我求知欲最为旺盛时候，我想读的书居然差不多都是禁书：《红楼梦》、《三国演义》、《水浒传》（这些书印象里没公开禁，但在文革之际烧毁，当时书店没有卖——也就可以说是禁书）、普希金、雨果、莎士比亚……邻居借我一本《林海雪原》，也被老师搜走当众撕掉。我抄录普希金的两首诗（那时我已是初中生），一首《致大海》，一首《致凯恩》，那时学校正在搜查越剧《红楼梦》唱词，搜出普希金，更觉得是抓到大鱼，给我办了一星期交代思想学习班。

再也没有像我们出生于二十世纪六十年代的人读禁书读得更多的了。有的书国家开禁，而在一些地区或者圈子里继续遭禁。这样搞来搞去，终于让我失去一份读禁书的乐趣，不能躲到床上享受偷偷摸摸的写意——什么书都像是禁书，也就见禁不禁。这意思我在前面已经说过。

后来读到西方禁书。在我当时的知识结构里，西方文学作品中最著名禁书是劳伦斯的《查特莱夫人的情人》，我花一包烟代价，条件是从一个人那里借看一个晚上，我看一半就放下了，实在看不下去。《查特莱夫人的情人》里的人物，全是劳伦斯的观念木偶，他写得尚好一些的片段，也不脱他的观念而在空想地做爱，而更多地方则是他的观念在糟糕地作怪。这么一本让我读不下去的书，也会遭禁，真是疯了。在我看来，凡是人做得想得的，都是可以说得写得。纳博科夫《洛丽塔》，金斯伯格《嚎叫》，我也很奇怪它们遭禁。我最大的遗憾是我所读过的禁书中（当然我阅读甚少），我还没读到一本我认同应该对此遭禁的禁书。一个人要表达他的愿望多么困难，还常常并没有表达愿望。

　　只要有书存在，就有禁书。也挺好玩的。如果要我去禁书，我会禁什么书呢？我首先把唐诗宋词禁掉——它们已经使中国人在生活中在自然中的诗意被程式化群体化陈词滥调化，看到月亮，就说"举头望明月，低头思故乡"；碰到分别，就说"两情若是久长时，又岂在朝朝暮暮"，一点创意也没有。

范成大《梅谱》

范成大，字致能，南宋绍兴二十四年（公元 1154 年）进士，官至参知政事，《宋史》记载详细，也就不需我来饶舌。他是一个有雅兴的人（这是苏州人的特点），著有《梅谱》一册。这个《梅谱》不是植物学意义上的，也不是"博物志"，只记录他居范村而经手种的、亲眼见的梅花，决不道听途说，从中也可以发现苏州人的另一个特点，就是宁缺勿滥，不搞空架子大框子，喜欢玩味细节、把握细节。而对细节热爱，恰恰是实事求是的体现。所以范成大是个好官，在蜀中这个华丽之地，他独倡清俭作风，倒反而放逸出淡远的风流。他喜欢梅花，自己动手制作"梅花笺"，可惜色泽不容易存留，一直让我们的大诗人耿耿于怀引以为恨。但我们尽可以把他《梅谱》看成"梅花笺"，用文字染出的"梅花笺"。

范成大《梅谱》记录十二种梅花（包括蜡梅），看上去不多，但一个人一生能见多少种梅花呢？我已中年，细想起来，见过的梅花品种也无非三四种。范成大的石湖玉雪坡上，梅开数百株，他还意犹未尽，买下邻近人家的地（一种说法是其地并不在石湖，而是范成大在苏州城里的住宅附近），那地上全是房子，他就把房子拆了种梅花。我这样说有点夸张，为了渲染他的雅兴，其实他也没有都种梅花，他在《梅谱》序里是这样说的：

余于石湖玉雪坡，既有梅数百本，比年又于舍南买王氏僦舍七十楹，尽拆除之，治为范村，以其地三分之一与梅。

楹是计算房间的量词，通常说法一间为一楹。范成大像是南宋伟大的民工，一下子拆掉七十间房子，却不搞房地产，而是做绿地。范成大是梦游的环境主义者。不知道我们还能不能在石湖边再造个玉雪坡，种上梅花，也是对他的向往。

今夜，我对着卧室白墙上蜡梅影子，想起范成大和他《梅谱》了。其实蜡梅在他《梅谱》中只能算是附录："蜡梅。本非梅类，以其与梅同时，香又相近，色酷似蜜脾，故名蜡梅，凡三种。以子种出，不经接，花小，香淡，其品最下，俗谓之狗蝇梅。经接，花疏，虽盛开，花常半含，名磬口梅，言似僧磬之口也。最先开，色深黄，如紫檀，花密香秾，名檀香梅，此品最佳。蜡梅香极清芳，殆过梅香，初不以形状贵也，故难题咏，山谷、简斋但作五言小诗而已。此花多宿叶，结实如垂铃，尖长寸余，又如大桃奴，子在其中"。

蜡梅因在腊月开放，也就讹为蜡梅。我卧室里的蜡梅是磬口梅。狗蝇梅现在的人叫它"狗牙蜡梅"，我去年春节在滚绣坊青石弄二号叶圣陶故居玩（也就是现在《苏州杂志》的办公重地），见到"狗牙蜡梅"，后来我写一首诗，最后两句：

阳光照到的时候，

它在粉墙边一阵叩齿，猛叩！

说起这棵蜡梅据说还有一只故事。有年年初，《苏州杂志》的编辑们想出去赏梅，陆文夫先生说，出去也就不要出去了，买一棵梅花回来看看。于是就种这一棵"狗牙蜡梅"，在石榴树附近。

而《梅谱》里名檀香梅的蜡梅，我至今没见过。

图书在版编目（CIP）数据

茶墨相 / 车前子 著 .—北京：北京大学出版社 ,2016.6
（沙发图书馆）
ISBN 978-7-301-27076-9

Ⅰ．①茶… Ⅱ．①车… Ⅲ．①散文集—中国—当代 Ⅳ．① I267

中国版本图书馆 CIP 数据核字（2016）第 075957 号

书　　名	茶墨相
著作责任者	车前子 著
责任编辑	王立刚
标准书号	ISBN 978-7-301-27076-9
出版发行	北京大学出版社
地　　址	北京市海淀区成府路 205 号　100871
网　　址	http://www.pup.cn　　新浪微博：@ 北京大学出版社
电子信箱	sofabook@ 163.com
电　　话	邮购部 62752015　发行部 62750672　编辑部 62755217
印 刷 者	北京中科印刷有限公司
经 销 者	新华书店
	880 毫米 ×1230 毫米　A5　9.75 印张　彩插 8 页　176 千字
	2016 年 6 月第 1 版　2016 年 12 月第 3 次印刷
定　　价	45.00 元

未经许可，不得以任何方式复制或抄袭本书之部分或全部内容。
版权所有，侵权必究
举报电话：010-62752024　电子信箱：fd@pup.pku.edu.cn
图书如有印装质量问题，请与出版部联系，电话：010-62756370